U0856669

文学少女

沉陷过往的愚者

这可是非常质朴的美味喔。
大概就像跟面包店讨切掉的吐司边来吃的感觉吧？
偶尔会碰见一角沾有一点草莓果酱或蓝莓果酱，
那时就会觉得赚到了。

揉起丢掉的东西干嘛还要特地捡回来吃呢？

更科同学
竹田同学
琴吹同学

远子学姐
我（井上心叶）
芥川

如果这种关系总有一天会毁坏的话，还不如不要开始。

不能再继续听了。
再听下去的话就无法回头了。

目录

文学少女

沉陷过往的愚者

精装珍藏版

〔日〕野村美月 著 〔日〕竹冈美穗 绘

哈娜 译

人民文学出版社
PEOPLE'S LITERATURE PUBLISHING HOUSE

著作权合同登记号：图字 01-2020-1637

图书在版编目（CIP）数据

沉陷过往的愚者 / (日) 野村美月著 ; (日) 竹冈美穗绘 ; 哈娜译 . -- 北京 : 人民文学出版社 , 2020
（文学少女 : 精装珍藏版）
ISBN 978-7-02-016254-3

Ⅰ . ①沉… Ⅱ . ①野… ②竹… ③哈… Ⅲ . ①中篇小说—日本—现代 Ⅳ . ① I313.45

中国版本图书馆 CIP 数据核字 (2020) 第 071474 号

责任编辑　陈　旻
特约策划　李　殷
装帧设计　汪佳诗

出版发行　人民文学出版社
社　　址　北京市朝内大街166号
邮政编码　100705
网　　址　http://www.rw-cn.com

印　　制　上海利丰雅高印刷有限公司
经　　销　全国新华书店等

字　　数　110千字
开　　本　787毫米×1092毫米　1/32
印　　张　7.75
版　　次　2010年11月北京第1版
印　　次　2020年1月第1次印刷

书　　号　978-7-02-016254-3
定　　价　59.00元

这封信是给你的警告。

请你快点逃走吧。

每当你那带有甜美毒药的手摇撼我的心脏,我都激动得难以自持。我体内那股想要破坏一切的冲动,恐怕无法再抑制多久了。

我想要切开你,渴望得全身颤抖。无论白天还是黑夜,浮现在我眼皮底下的都是你。

我想细细切碎你那充满憎恨的眼睛、凛然地望着我的白皙脸庞,还有那傲慢的纤细咽喉,我想割下你的耳朵、鼻子,挖出你的眼球。我的心在叫喊着,想要在你的胸前刻出无数个十字架,让暖热的血液喷洒在你全身。

快点逃走吧。

我迟早会把你切开的。

序章

代替自我介绍的回忆——当时的我是恋爱中的笨蛋

她是那样的清纯，美得让人无法逼视……

虽然有些蹩脚的剧作家会这样称赞爱慕的女性，但是初中时的我还犹胜此辈，深深地陷进了恋爱的沼泽。

一早醒来，我第一个会想到的就是美羽的脸。想起那深褐色的杏眼、丰腴的双唇，还有绑成一束马尾的茶色秀发。

美羽总是带着恶作剧般的眼神，戏谑地盯着我的脸。

——早安，心叶。

——早安，美羽。

我每天早上都一定要跟想象中的美羽打招呼。美羽眯细眼睛对我微笑，我的心就会欣喜地扑通乱跳，因此都会兴奋地跑向洗脸台，恨不得能早一秒到学校去见真正的美羽。

美羽今天会用什么表情对我笑呢？会用怎样的声音跟我说话

呢？美羽写的故事已经进展到哪里了呢？啊啊，我好想见美羽，好想快点见到她。我想要听美羽的声音，想要看见美羽的笑容。

我无法按捺到走进学校，所以都在上学道路的梧桐树下等待美羽。当美羽在灿烂的晨曦中摇着马尾走到附近，我才会装作刚刚经过的模样向她跑去。

"早安！美羽！"

上课时，我满脑子也是美羽。美羽换到我后面位置的时候，我一天不知道要回头多少次，看着她贴在额上的刘海儿、低垂的睫毛，我就忍不住心跳加速；美羽换到我斜前方位置的时候，我也会一直盯着她纤细的后颈和含苞待放般的美丽侧脸，看一整天也看不腻。

美羽通常会摊着透明蓝色的活页夹，在活页纸写下故事。

美羽笔下的世界仿佛梦境一般……

那是如光辉般闪耀，又像舞蹈般活泼的美丽字句。

那些故事从美羽口中叙述出来之时，还会变得更美丽、更闪亮耀眼，让我越来越为之入迷。

——嘿，这是特别优待。我只让心叶一个人看喔。

美羽对我说的每句话语，都像砂糖点心一样甜美。

那时的我真是个恋爱中的笨蛋，成天都是飘飘然、笑容满面的状态，是个无药可救的梦想家。

我理所当然地认为，美羽也跟我抱持同样的心情，我深信我们的命运是紧紧结合在一起的，从来没有半点怀疑。

就算升上高中、考上大学、甚至进入了社会，美羽也一定会在我身边写着故事，经常露出恶作剧般的微笑呼唤我的名字吧。不只如此，我也相信美羽有朝一日必定会成为真正的作家，所有人都会知道美羽的才华和价值。

但是，在初三的春天，我用了井上美羽这个笔名，以十四岁蒙面天才美少女作家的身分堂皇出道，因而失去了美羽。

然后，到了高中二年级的现在……

我成为一个平凡的高中男生，每天很普通地上学，放学就去文艺社的社团活动室帮不怎么普通的奇怪学姐书写“点心”。

第一章

不可以偏食喔

"《野菊之墓》尝起来就像刚摘下的杏果呢。"

远子学姐翻着从图书馆借来的文学全集，以甜腻的声音说着。

"就好比站在夕阳照耀的田埂上，用指尖轻轻捏起染成黄昏颜色的杏果含在嘴里，慢慢咀嚼的感觉吧。咬破果实的薄皮，温和的酸味和充满幸福的甜味就渗透到舌尖，那特有的苦味，还会让人感到心头一紧呢！啊啊，仿佛是青春时代甜美清纯的初恋回忆啊！

"《野菊之墓》的作者伊藤左千夫是正冈子规的学生，他于明治三十九年在《杜鹃》杂志发表的作品，还受到夏目漱石的大力赞赏喔。果然是一篇杰作啊！就像杏树每年都会结出不同味道的果实一样，不管吃多少次，每次都有一番新鲜滋味呢！"

我在老旧的榉木桌上摊开五十张一叠的稿纸，写着要给远子学姐当点心的三题故事。

远子学姐最近可能迷上了日本古典恋爱小说吧，她昨天看的是森鸥外的《舞姬》，前天看的是川端康成的《伊豆的舞女》，大前天看的是樋口一叶的《比肩》，而且都是一边吃一边兴高采烈地大发议论。

“那本书是公有财产，请别吃下去了。”

我拿着自动铅笔写字，同时冷静地出言提醒。

“我知道啦，真是的。”

远子学姐鼓着脸颊回答。这个人以前明明就“不小心吃了”从图书馆借来的书，而且因为不好意思自己去道歉，还硬拖身为学弟的我一起去。

“啊啊，可是看起来好像很好吃耶。”

她郁闷地叹了一口气。那副模样简直就像站在摆满水果蛋糕的橱窗前，贴着玻璃流口水的幼儿园儿童嘛。

“不可以吃喔。”

“我都说我知道了嘛。啊……这个部分最酸甜，最美味了呢……”

“真的不可以吃喔。”

“好好好。我会乖乖等到心叶写完点心的啦。”

远子学姐露出猫咪晒太阳般的悠闲表情，慢吞吞地回答。

这间位于校舍西侧的教室非常狭窄，旧书堆得到处都是。远子学姐抱膝坐在窗边的铁管椅上，浸淫在窗口透进的秋季阳光中，用纤细的指头翻着书页。掀起的裙摆下面可以隐约窥见雪白的膝盖，两根如同猫尾巴的乌黑长辫从她的肩膀披垂到腰间。

远子学姐是个吃故事的妖怪。

她会把书页或是写在纸上的文字撕碎，放进嘴里慢慢咀嚼，然后吞落肚中。

但是她如果听到别人把她归类成“妖怪”，就会很不满地双手叉腰疾声宣告：

“我才不是妖怪呢，我只是个普通的‘文学少女’。”

的确，远子学姐除了异样喜爱书本，以及会把书啪嗒啪嗒地吃下去之外，从外表怎么看都像是个古典清纯的千金小姐……

圣条学园的文艺社，就只有三年级的远子学姐和二年级的我这两位社员。

秋天已经过了一半，其他社团都纷纷开始新旧交接了，远子学姐到底什么时候才会引退呢？圣条是一所升学高中，远子学姐应该也打算考大学吧……可是她看来完全不像有在用功的样子，真的没问题吗？难道她早就打算要留级一年，继续留在这个地方吗？……

我正在暗自忧心之时，远子学姐对我说道：“下个月就是文化祭了呢。我的班上要开咖喱屋喔。心叶的班级呢？”

“我们要开泡沫红茶店。只要把桌椅排好，准备一些速溶咖啡和红茶包，再弄些漫画来就好，很轻松的。反正我对文化祭和运动会也没什么兴趣，随便做什么都好啦。”

“哎呀，别说得这么冷淡嘛。心叶真不像个年轻人呢。”

“我倒觉得会拼命准备文化祭的高中生比较稀奇。”

“老是摆出无聊表情的话，以后就会变成那副长相喔。”

鼓着脸颊翻书的远子学姐突然大叫一声。

“啊！”

刚好画上最后一个句点的我吓得抬起头来。

怎么了？发生什么事了？

远子学姐双手捧着书，瞠目结舌地颤抖着说：

“这、这本书，竟然有缺页！那句经典台词‘民子真的仿若野菊’不见了啦！男女主角青涩相处情况的描写全都被切掉了。这里是最好吃的部分耶！啊啊，还看得见小刀切剩的痕迹，太过分了！”

“……远子学姐。”

我无奈地叹气，把手背贴在额头上。

“什、什么啊，心叶？你那不耐烦的反应是怎么回事啊？难道你以为缺页是被我吃掉的吗！”

“我都已经再三提醒过你不可以吃掉公有财产了……你根本把我的话当作耳边风嘛。”

“才不是呢，不是我做的啦！我一直跟心叶在一起，应该可以证明我是无辜的吧。”

“那是趁着我在写故事的时候，偷偷撕下来吃掉的吧？”

“哎呀！你果然在怀疑学姐，真过分！我才不会做出这种事呢！就算在书店或是图书馆看到多么美味的书本，我在肚子饿的时候只会看着书脊忍住口水，不管多么想吃，我都会努力地克制自己啊！”

远子学姐挺起扁平的胸膛，斩钉截铁地说着。

“再说，只把最好吃的地方吃掉而留下其他部分，根本是旁门左道嘛。我要吃的话一定会从头到尾吃得干干净净，这才是对作者的礼貌啊。”

不知怎的，这段话听起来很有说服力。远子学姐不管什么书都会高高兴兴地吃到最后，偶尔我写出不合她口味的三题故事时，就算再难过再反胃，她也会哭丧着脸一字不漏吃完。

“说的也是，远子学姐对食物这么执着，应该不会偏食吧。”

我一边点头一边说着，就看见远子学姐把嘴抿成一字线，气愤地看着我。

“从你的话中感觉不到半点对学姐的尊敬呢！”

她合上书本，利落地从铁管椅上一跃而起。

“总而言之！只把最美味的部分吃掉是不可饶恕的行为！就像只把茶碗蒸的银杏吃掉一样啊！或是只偷吃蛋糕上的草莓！或是只偷吃海鲜焗烤里面的虾子！这是偷走人家期盼已久的幸福瞬间，害人坠落绝望深渊，像恶魔一样的卑劣行为啊！这是所有美食家——不，是所有读者的敌人！是文艺社的敌人！无论如何都非得把犯人揪出来，好好责骂他一顿不可。快点进行调查吧，心叶！”

远子学姐气愤填膺地大喊。

还来啊？别开玩笑了，我才不要每次都陪远子学姐玩这种侦探游戏呢。我把刚写好的三题故事从稿纸本上撕下，交给远子学姐。

“点心——已经写完了，要晚点再吃吗？”

远子学姐的脚原本要冲出社团活动室，却又硬生生地停住。

“呃……”

今天的题目是“宫本武藏”、“电热毯”以及“盂兰盆舞”——在我开始写之前，远子学姐很高兴地抱着椅背说：

“一说到秋天就会想到栗子呢！你就写一篇像栗子蒙布朗那样香甜的故事吧。”

当时的她殊不知故事会变成什么味道。

看到我捏在指尖晃动的三张稿纸，远子学姐就像被红萝卜引诱的马一样，露出嘴馋的表情紧紧盯着。

最后，她还是坐回椅子上，绽放出花一般的笑容对我伸出双手。

“我现在就要吃。我开动了——”

备注

那篇“像蒙布朗”的三题故事，远子学姐是一边哀嚎一边吃完的。

“讨厌啦！宫本武藏竟然要跟电热毯比赛跳盂兰盆舞……而且还被电热毯卷起来烤成焦炭啊！讨厌！栗子都变得热呼呼黏糊糊的了……这根本不是栗子，而是樱岛白萝卜嘛！还挤上了美乃滋！好恶心啊！呜……呜……呜呜……”

最后她捂着嘴，浑身无力地趴在椅背上，所以调查一事只好先喊暂停，我也因此幸免于难。

隔天是个秋高气爽的大晴天。

昨天远子学姐好像受到相当严重的打击，不知她后来有没有平安回到家呢……我一边思考，正要踏进教室时，刚好看见班上的琴吹同学迎面走来。

“啊……”

“井、井上！”

本来要去走廊的琴吹同学顿时后退一步，表情也变得僵硬。

我摆出营业用的爽朗笑容，友善地跟她打招呼。

“早安，琴吹同学。”

结果琴吹同学就横眉竖目地瞪着我。

“还是那副皮笑肉不笑的表情。井上干吗对每个人傻笑啊？给我让开。”

然后她就快步离开了。

今年夏天，我在医院听见琴吹同学帮我说话时，还以为她其实不讨厌我，没想到进入第二学期后，她对我的态度却还是一样刻薄。虽然她是冰山美人的类型，本来就不会讨好别人，但是我总觉得，她面对我的时候不管是眼神还是言行举止都会变得特别苛刻。

那个时候我看见琴吹同学坐在病床上，低着头快要哭出来的模样，难道只是错觉吗？我很在意琴吹同学当时原本要说的话，但我怎样都问不出口。

我叹着气把书包挂在桌边，同班的芥川走了过来。

“早安，井上。”

“啊，早安，芥川。”

芥川同学可能也看见琴吹同学的态度了。他还安慰我说“不要在意”。

我无奈地对他笑了笑。

“谢谢。不过这种情况也不是现在才开始的。”

“是吗。”

“嗯。如果琴吹同学突然变得对我很体贴，我可能还会吓到脚软吧。啊，要不要来对一下数学作业的答案呢？”

我们把自己的笔记本摊在桌上互相比对，顺便交换着简短的对话。芥川的笔记总是整理得有条有理，很容易看懂。他认真又稳重的性格也表现在字里行间。

肩膀宽阔、身材高大、很酷又很有男子气概的长相、既冷静又诚实温和——芥川拥有我憧憬的所有特质。虽然我们的关系还没有密切到可以称为朋友，不过跟他相处真的让人觉得很舒服。

这时，芥川放在裤子口袋的手机响了起来。

"不好意思。"

他拿出手机看到屏幕，就皱起眉毛。

他看着手机的表情非常阴沉，散发出一股令人难以接近的气氛，让我暗暗一惊。

芥川以粗厚的声音再次向我道歉，然后就到走廊去了。

会是谁打来的电话呢？

家人，朋友，还是女朋友？

可是，我从来没听芥川谈过女生的事情。个性那么稳重的人，竟然有一瞬间露出了嫌恶的表情。原来芥川也会有这种表情啊……

此时，我完全没有察觉这就是所有麻烦的开端。

午休时间，我在走廊上漫步时，觉得好像有人正在看我。

"你是井上同学吗？"

听见这个细微的声音，我回头一看，发现有个留着一头美丽长发、看起来很成熟的女生站在后面。

啊，这个女生是跟我同年级的。虽然不知道名字，不过偶尔会见到。我对她的印象只有“这个女生长得很漂亮”而已。她找我有什么事呢?

她紧张不已地说:“突然叫住你真是不好意思,那个,我是三班的更科。井上同学是一诗的朋友对吧?”

“一诗?”

“啊,对不起。”她白皙的脸颊一下子都红起来了,“我是说井上同学班上的芥川一诗。我跟一诗正在交往。”

她是芥川的女朋友吗!

我吃惊地盯着她的脸。更科同学也以豁出一切的表情凝视着我。她的头发轻柔飘逸,五官清秀又温和,是个无可挑剔的优等生类型美少女。她跟芥川站在一起一定很登对吧。

可是,我还是第一次听说芥川有女朋友。我早就知道他异性缘很好,还有一次无意发现他的课本里夹了一个可爱的水蓝色信封,可是当我问他“是情书吗?”,他只是一脸困扰地支吾其词……

其实我跟芥川本来就没有熟到那种程度,连彼此家人的事情都不太清楚,所以我不知道他有女朋友也不奇怪吧。

“呃……不好意思,我还不知道芥川有女朋友呢。”

结果更科同学听到这句话就沉下了脸。啊,我说错话了吗?

“……一诗没有跟井上同学提过我的事啊……”

“不是啦,其实我跟芥川也没有那么熟……”

我急忙打起圆场,但是更科同学好像没有把这句话听进去。

“一诗他最近的样子很奇怪,好像若有似无地在躲避我……我想,他或许有其他喜欢的人吧。”

她说着说着,乌黑的眼睛开始浮现泪光。我最怕人家哭了,无论如何先试着安慰她吧。

“可能是有什么误会吧？我觉得芥川的个性不像是会脚踏两条船的人啊。如果你很在意的话，要不要直接问他看看呢？”

更科同学依然泪眼朦胧，哀求地望着我。

“井上同学可以帮我问吗？”

“咦?!”

“我问的话可能会让他退缩吧，井上同学跟一诗是朋友，或许他会把真正的心情告诉你。拜托你，井上同学，这是我最重要的请求。”

我真是太软弱了。为什么要答应她呢？

放学后，我苦思着该怎么对芥川开口。

“再见了，井上。”

芥川就要走出教室了。糟糕！我也急忙追在他后面。

没办法了，讨厌的事情还是尽快解决吧。我想还是别太严肃，装作漫不经心地问他比较好。

譬如说：“芥川，你现在有没有交往的对象啊？认识的人拜托我来问的。”

不过，我和悠然走在前方的他却始终无法拉近距离。芥川是弓箭社的社员，从一年级开始就在正式选手阵容之中大大活跃。我本来还以为他要去练习场，没想到他却走进图书馆。

他离柜台越来越远，走到房间最角落，在陈列日本文学作品的书柜前驻足，开始选起书本。他从书柜上抽出一本书，翻了几页又再放回去。

他好像找得很认真，难道有什么要查的东西吗？

可能是我太紧张的缘故，总觉得四周安静得出奇，连自己吞口水的声音都清晰可闻。我静悄悄地躲在书柜后，正在想要不要开口叫他时，芥川就从挂在肩上的书包里拿出美工刀。

咦？

他把刀刃滑出刀身，刀刃闪亮的光芒直射我眼中。

奇怪？他想要做什么？

我感觉气氛很不对劲，掌心也开始渗出汗水。我继续屏着呼吸，眼睛眨也不眨地观望，然后就看见芥川露出阴沉的神色，把刀贴在书本中心。

不会吧……

我仿佛听得见自己的心跳声。

当他利落地把美工刀往下拉动时，我感到刀刃像是直接划在我身上一样，不由得惊恐万分。

我的脑中顿时闪现昨天远子学姐拿给我看的《野菊之墓》。

从原本所在之处消失的书页，以及小刀切割过的痕迹……

芥川就是切掉书页的犯人吗！

我伸手抓住书架边缘时不小心碰到一本书，它又撞上隔壁的书，发出小小的声响。

"！"

芥川猛然回过头来，睁大眼睛茫然地看着我。

我则是以不可置信的表情回望他。

芥川一脸苦闷地皱起眉头。

我的脑袋像是麻痹了一样，几乎无法思考，好不容易才挤出一句：

“芥川，你为什么要做这种事情……”

这时，有一只裹在女生制服中的手臂突然从旁边伸出来，迅速地抓住芥川握着美工刀的手。

“抓到你了！现行犯！”

摇曳着两根猫尾巴似的长辫子、兴奋不已地跳出来的人，正是身穿水手服的文学少女——文艺社社长天野远子学姐。

自从我发现自己有多么卑鄙下流以来，我一直努力对周遭人们拿出诚实的一面。

自从那个割裂一切、温暖血液飞溅、事情发展到我伸手不可及之处的罪恶之日以来，我随时都小心翼翼避免自己再度做出错误的选择。

对于你的心愿，我自觉已经拿出了最诚恳的态度。

我一开始想象你是怀着怎样的心情、花费了多大的努力才写出这封信，就觉得胸中像有烈火烧灼，我感觉非得尽我所能满足你的要求不可。

然而你的要求实在太严酷了。我已经以我的方式展现诚意，

也尽量拿出最大的能力去对待你了，但是你依然不满意。

我无法满足你的愿望。那是把一切导向毁灭，像恶魔般不忠的行为。

“说吧，为什么要割坏图书馆的书？请好好地解释一下吧。”

在堆满旧书的文艺社活动室里，远子学姐摆出一副连续剧里凶狠刑警的架式。表面坑坑洼洼又不平稳的榉木桌上，放着有岛武郎的作品集，还有几张被切下的书页。

芥川沉默地低头坐在椅子上。

昨天因为吃了我写的点心而身体不适、只好暂停调查的远子学姐，今天放学之后似乎立刻跑去图书馆埋伏，等着抓破坏书本的犯人。

“我的猜测果然很准，犯人真的会再回到现场呢。我翘掉扫除工作，在书柜后面饿着肚子蹲了三十分钟的苦心总算得到回报了。”

听到她得意洋洋地自吹自擂，我的头都快痛起来了。

远子学姐后来把芥川带到我们的社团活动室。

“你切掉的地方是《一串葡萄》中的经典场面喔。主角少年偷了同学的画具，又在众人面前事迹败露，当他被老师叫出去，正觉得羞耻难当的时候，老师就把一串葡萄放到他的膝上温言安慰他，那可是感动人心的名场面耶！是这个故事最美味的场面耶！你有没有想过，爱吃葡萄的人吃到只有皮而没有肉的葡萄时会有多难过啊！这种行为真是不可饶恕！”

远子学姐气得连声音都颤抖了。

“我想一般的高中生应该不会有这种想象吧……”

我忍不住吐槽了。

“心叶你闭嘴！”

远子学姐瞪了我一眼。

“就算你是心叶的朋友，这种冒渎食物……不，这种伤害崇高书本的行为，我这个‘文学少女’是不可能看过就罢的。你做出这种事情到底有什么理由？”

“那是……”

芥川才正要说话，远子学姐就突然提高语调大喊：

“我的推理是这样的，你铁定是自然主义的信奉者，而且最喜欢的书一定是田山花袋的《棉被》！”

这句天外飞来的发言让我跟芥川都呆住了，我们哑然无语地看着远子学姐。远子学姐倒是颇为自得。

“被你割破的《一串葡萄》的作者有岛武郎，是成立于明治时代晚期的文人集团白桦派的一员，他们向来高声倡导人道主义和理想主义。然后，以田山花袋作为代表的自然主义一派，则是跟白桦派对立，专门客观描写现实情况的文学派系。其实白桦派原本就是为了反对自然主义而发起的组织。如何啊？我说的一点也没错吧？这一定是由衷支持自然主义的人控制不了年轻的冲劲以及对文学的爱好而使然的暴走吧。”

暴走的分明就是远子学姐的想象力吧。

我满头黑线地默默这么想着，而我身旁的芥川则是冷静地回答：

“不，你误会了。”

“咦！不、不对吗？……”远子学姐睁大眼睛。

“……是的。”

狭窄的活动室里流窜着一股尴尬的气氛。

“那么，你为什么要割破书页呢？”

远子学姐表现出不敢置信的模样，她歪着脑袋的同时，细长的辫子也从她的削肩滑落。

芥川可能已经适应了远子学姐的装傻吧？他挺直身体，面色诚恳地说：“我因为期中考成绩不太理想，觉得很焦虑。而且我从以前就有想要破坏什么——想要切割某些东西的渴望……所以，我想到切书或许可以抚平情绪，就忍不住做了。”

说什么期中考成绩不理想啊，芥川！你期中考不是拿下全学年第五名吗？在我们学校参与社团活动的人中，能够拿到这种成绩已经很了不起了吧？还是说，在芥川的心中，全学年第五名只能算是让人心情苦闷的烂成绩？

不久之前才自豪（?）地说“我的数学从来没有高于三十分”的远子学姐也露出难以相信的表情。

“因为考试成绩不理想，所以你才切书？”

“是的。”

“只是因为这样？”

“是的。”

“真的跟自然主义无关吗?”

“完全没有关联。”

远子学姐一脸遗憾地垂下眉毛,辫子的尾端也跟着甩动。

芥川挺直身体站起,然后对我们深深地一鞠躬。

“让你们感到困扰真的很对不起,我等一下就去图书馆道歉,也会赔偿被我弄坏的书。”

他正要离开,就被远子学姐给叫住了。

“等一下!既然你有心反省,我们也没必要把事情搞大。”

芥川转过身来,远子学姐露出了仿佛可以溶化尴尬气氛的温和微笑说着:“赔偿当然还是要赔啦,不过你很幸运,刚好我跟图书委员颇有交情。只要跟他们说书被虫蛀掉了,文艺社的毕业校友特地寄来新书替换就好了,这么一来文艺社的评价也会上涨,可说是一石二鸟的好方法吧?”

我也急忙点头附和:“嗯,这样的确比较好。就这么办吧,芥川。”

原来远子学姐也有管用的时候嘛。我正在想待会儿要写篇香甜的文章给她当点心的时候……

“可是!光是这样,你本身的问题还是没有解决。为了让你摆脱所有烦恼,而能过着清爽愉快的校园生活,有件事是必要的。那就是跟同伴一起挥洒热情,让青春的气息把压力吹到天边啊!”

为什么话题又转到奇怪的地方了?芥川也不解地皱起眉头。

远子学姐满脸笑容对他说:

“所以呀,芥川,文化祭的时候要不要跟我们一起演话剧啊?”

“这是怎么回事！我从来没听说文化祭要演话剧啊！”

等到芥川表情纠结回了一句“请让我考虑一下”而离开后，我才对远子学姐大声质问。

远子学姐抱着铁管椅的椅背，开心地抬头看着我。

“可是，我都已经跟执行委员会申请好了，也敲定演出时间了啊。”

“什么！”

“因为麻贵跟我炫耀说管弦乐社要在他们专用的音乐厅办演奏会，还挑衅地说‘文艺社今年也很闲吧?’，所以我忍不下这口气嘛。我们去年也没有做出社刊，只有展示古典作品而已……而且，根本就没人要来参观，心叶当时也只是一直玩填字游戏吧。”

她讲到一半就开始鼓起脸颊瞪着我看。

我无奈地说:“没有做出社刊，还不都是因为远子学姐把作品全吃掉了。”

“是这样吗？总而言之，今年我们绝对不能输给只有人数占优势的管弦乐社。而且，如果在文化祭演出话剧，说不定会有人看到文艺社的优秀之处而想要申请入社呢。”

真要说起来，最后那句话才是重点吧。远子学姐从以前就一直担心社员太少的事，还说过“心叶也没什么魄力，如果我一毕业文艺社就倒社那该怎么办呢?”，为此烦恼不已。

“听好了，心叶，这是学姐的命令。你也要以文艺社一员的身分在文化祭上推广文艺社的名号，为了增加一个社员，粉身碎骨也在所不惜。”

远子学姐的“学姐命令”又来了。我明明比谁都渴望着低调且和平的生活啊……

“我们只有两个社员，真的有办法演话剧吗？”

远子学姐露出灿烂的笑容。

“所以我才要拉芥川一起来嘛。我刚决定要在文化祭演出的时候，就看准了他有办法吸引不少女性观众。本来我还打算叫心叶去说服他的，没想到这么顺利。这都是靠着我的德望啊。”

这么说来，远子学姐邀芥川入伙的动机根本不是为了他的烦恼，而是为了自己的方便嘛！想到这点我就忍不住同情起因为被抓住弱点，不得不加入那种莫名其妙演出的芥川。

“到底要演什么话剧啊？”我不耐地问着。

“当然是最适合文艺社、洋溢着青春气息、感人肺腑的文艺巨作啊！从服装准备的考虑来看，还是明治时代之后的日本作品比较好，所以我这个礼拜都很认真地选择剧本。”

原来她是因为这样才一直看古典爱情小说啊？

远子学姐从椅子站起，从书堆抽出一本书高高举起。

“我最后精心选出的剧本，就是武者小路实笃的《爱与死》！”

“武者小路？他也是白桦派成员吧？”

我一边回忆上课学到的内容一边说着，远子学姐就很开心地点头。

“嗯嗯，就是啊！芥川割破的同样是白桦派有岛武郎的作品集，这点也让我感觉到命运的安排呢！”

请不要在这种地方感觉到命运……

远子学姐瞬间变得一脸正经，开始说起：

“武者小路实笃是在一八八五年——明治十八年五月十二日

诞生于子爵家中的老幺。虽然他出身豪门，但是他的父亲很早就过世了，所以家境也不甚宽裕，只能过着俭朴的生活。

“进入学习院（注 1）就读的他，跟在那里认识的志贺直哉一起创办了同人杂志《白桦》，然后以杂志中流砥柱的身分，写下不少描写人类的美与善的精彩作品喔！只要说到青春就不能不提白桦派！还有大正民主思潮（注 2）啊！

“尤其是以简洁知性的文笔写出《城崎散记》、《小学徒的神明》等等名作，甚至被誉为小说之神的志贺直哉！还有以热血沸腾的文章，描写人类命运与情感的有岛武郎！还有擅于丰富心理描写和节奏明快的文体、确立了诚实面对内心渴望之‘真心哲学’的里见弴！

“志贺直哉的作品，就好像名人打制的滑嫩弹牙极品荞麦面，而有岛武郎的作品则像是洒上大量柠檬汁的新鲜生牡蛎，里见弴的作品就像经过慢火炖煮、表面滑溜溜的小芋头一样。不管哪一种都是让人感动的美味，经常让人不由自主地吃得太撑。有岛的《与生俱来的烦恼》和里见的《极乐蜻蜓》都是必读的佳作哟！

“然后，还有一个人绝对不能忘记，就是武者小路实笃！对我来说，讲到白桦派不可不提的就是武者小路啊！虽然有人看到他堂皇的姓氏和贵族出身，就误解他写的应该都是格调高又难懂的文章，如果实际去接触他的作品，一定会为他作品的娱乐性之高、文章之清晰易懂而感到惊讶哟。

“要说武者小路的特征嘛，就是大量使用的对话，还有轻快的步调吧。有时人物的台词甚至会多到写满整页，但是他把节奏控制得很好，所以可以很顺畅地一口气读完呢！要比喻的话，武者小路的作品就像是一流的厨师做出来的豆腐料理吧。不只拥有滑嫩又清淡的口感，同时又可以品尝到大豆绝妙的甘甜浓醇风味，还带有画龙点睛的微苦，吃完最后一口的瞬间，真会让人忍不住感叹‘太美味了’啊！”

远子学姐一边说着，就真的闭起眼睛发出感叹，然后又遽然睁开眼睛，兴奋雀跃地把脸凑到我面前。

“他写的《爱与死》里面的女主角夏子，是文学史上屈指可数的纯情女主角喔。像白白嫩嫩的豆腐一样清爽，就算不沾任何佐料直接吃也很好吃喔！她跟留学中的男主角只有书信往来，但是信中的语句也清楚展露出她的清纯可人，让人看得胸口都要疼起来了呢。还有还有，关于她的描写也很可爱哟。例如一群女学生聚集在操场上比赛倒立，夏子则是其中的倒立高手，而且她还会翻跟斗耶。她在哥哥的生日宴会上也表演了精彩的翻跟斗，来宾们都拍手叫好哟！”

“等一下！”

我忍不住打断了讲得口沫横飞的远子学姐。

“要叫女主角表演翻跟斗，这也太夸张了吧！这种事有谁办得到啊！”

“哎呀，只不过是倒立有什么难的，即使是翻跟斗，只要反复练习就自然学得会，夏子也是这么说的，不用担心啦。”

远子学姐乐观地笑着说，我则是义正辞严地加以驳斥。

“不可能的。再怎么说，如果是打排球时会被球打到脸、踢足球时会撞上球门网、玩垒球时会挥棒敲到自己的脑袋、上游泳课时要帅游了蝶式却因为脚抽筋而溺水的远子学姐，一定办不到的。”

远子学姐听得脸都红了。

“为什么你讲得好像亲眼目睹了我所有的丢脸事迹啊!”

“那是因为远子学姐成天都在做些丢脸的事啊。请你正视自己是个运动白痴的事实,不管倒立还是翻跟斗,远子学姐都没办法的啦。”

这句话好像刺激到远子学姐的自尊心了,她气鼓鼓地说:

“才没有这种事呢。只要对文艺社有足够的爱,无论什么事我都办得到。”

“这跟文艺社有关系吗?”

“当然有啊,只要对故事有爱,什么都是有可能的。管他要倒立几次都没问题啦,就让你见识见识我爱的力量吧。”

看她转身面对墙壁就要开始倒立,我吓得连忙制止。

“请别这样。如果受伤就糟了!而且穿着裙子倒立的话,什么都会被看光喔!”

“别担心,我里面有穿体育裤啦。你就擦亮眼睛,好好地看着吧!”

远子学姐高举双手,气势逼人地往墙边踏出一步。

“哇——快停止啊!远子学姐!”

只见她的裙摆随着身体翻动而飘起,一双白细的脚伸到半空中。

包覆着小小屁股的黑色体育裤在我的视线中一闪而逝,接着远子学姐翻起的双脚就向前倾,还发出了惨叫。

“呀!”

"啊！危险！"

情急之下我一个箭步冲过去，抓住远子学姐的脚踝，但是她的右脚还是往前落下，结果就连我也跟她一起撞上了墙边的书堆。

高高叠起的书本像雪崩一样落在我们身上，扬起大片尘埃。而且倒塌的书本还推倒了隔壁的书堆，然后像骨牌一样又推倒了旁边的书堆，搞得整间活动室满地都是书，情况真是惨不忍睹。

被压在大量书本下面的远子学姐可能是吸入灰尘之故，她泪眼婆娑地说：

"咳咳……我看还是换个剧本好了。"

该怎么做才能让远子学姐放弃演出话剧呢？

隔天，我面色凝重地坐在自己的座位思考着这个问题时，芥川走进了教室。

我不自觉地正襟危坐，芥川用平时的稳重表情对我说：

"昨天给井上和天野学姐添麻烦了，实在很抱歉。"

听到他沉稳的语气，我也松了一口气，像平时一样笑着回答：

"不用在意啦。虽然我有点吓到，不过无论是谁都会有情绪低落的时候嘛。"

对了！如果芥川说他不演戏的话，远子学姐说不定就会放弃了。

我探出了上半身。

"关于演话剧的事，那只是远子学姐自己在一头热，你拒绝也无所谓啦。如果要拒绝的话，我也可以帮你去跟远子学姐说喔。"

然而芥川却一脸认真地回答：

"不，我决定要接受了。我是个无趣的人，也没什么演戏的天分，或许会拖你们的后腿，不过我已经决定要好好努力了。以后还请你多多指教。”

咦咦咦咦咦咦！怎么会这样！

放学后，当我看见聚集在狭窄活动室中的成员时，再度受到惊吓。

“琴、琴吹同学！而且连竹田同学也在！”

“干吗啊？我是因为远子学姐的请求才答应参加的，跟井上一点关系都没有。应该说，叫我跟井上共同演出简直就是开玩笑嘛。”

板着脸的琴吹同学身边，那个头发蓬松的娇小女孩则是嘻嘻笑着说：

“嘿嘿，因为感觉好像很好玩，所以我立刻说了 OK 哟……”

竹田同学是担任图书委员的一年级学生。以前我曾经当她的写手代写情书，所以从那次之后，她偶尔会跑到文艺社来玩。

竹田同学睁着一双小狗般的大眼睛望着我，可爱地歪着脑袋。

“咦？心叶学长，你好像不太高兴耶，难道你不想跟千爱一起演戏吗？”

“怎么会呢，没有这种事啦。”

我慌张地响应之后，发现琴吹同学用更甚以往的尖锐眼神瞪着我。对了，琴吹同学也是图书委员，她应该早就认识竹田同学了吧？仔细想想，琴吹同学以前还说过竹田同学像是“恋童癖的人会喜欢的对象”呢。

这种阵容真的没问题吗？

淌着冷汗的我，身边站着表情认真的芥川。竹田同学看到芥川就大声嚷嚷着：

“哇，芥川学长也要参加演出吗！太棒了！我的朋友一定会羡慕死的。一年级也有很多学长的粉丝哟。啊，我叫做竹田千爱，经常会去弓箭社观摩。”

芥川露出亲切学长的表情点点头。

“啊，我知道，你以前曾经跟井上一起来参观过吧。”

“是啊，因为我们感情很好嘛！”

竹田同学勾住我的手腕嘿嘿笑着。本来望着旁边的琴吹同学，突然狠狠地转过头来看我。

“芥川学长和心叶学长，要请你们多多指教啰……啊，我也希望可以跟七濑学姐好好相处哟……我可以叫你七濑学姐吧？”

“不可以。”

琴吹同学生气得眉梢颤抖，迅速回答。

可是竹田同学却绽放出灿烂的笑容。

“好的，那我就叫你七濑学姐啰……”

“我不是说了不可以吗！”

“呀……七濑学姐好可怕喔……”

琴吹同学看见竹田同学攀在我身上，就凶狠地瞪着我。

“喂！井上，你们是要亲热到什么时候啊！”

“哇，抱歉抱歉。”

看到矛头突然指向我，我连忙把竹田同学的手推开。竹田同学还很遗憾似的叹了一声。

“总、总而言之，这又不是小学生玩游戏，请不要在这里卿卿

我我。”

琴吹同学面红耳赤地说完，又把头给转开了。

站在一旁的芥川，一直用成熟稳重的态度观望我们的相处模式。

然后，说到身为元凶的远子学姐……

“太好了，大家都已经打成一片了嘛。挑出这些成员的我果然没有看走眼啊！”

她竟然还沾沾自喜地不断点头。我突然觉得好想回家。

我们在桌旁勉强塞下五张椅子，大家一起坐下，终于开始讨论起话剧的事。远子学姐拿起一本老旧的精装本，展现在大家的眼前。

“……本社内部慎重地再三讨论的结果，已经决定要演出的剧本是武者小路实笃的《友情》了！”

“哇，太棒了！好像很有文艺气质呢！”竹田同学立刻拍手附和。

什么再三讨论的结果嘛……明明就是因为倒立失败，才不得不放弃武者小路的代表作吧？

远子学姐不以为意地继续说：

“《友情》是作者在大正八年为了大阪每日新闻的连载而写的作品哟。大家都读过吗？”

“没有。”

“没看过……”

“我也是。”

芥川、竹田同学、琴吹同学纷纷回答。

“那么我就简单说明一下大纲吧。主要的角色有担任剧作家的野岛，野岛最好的朋友小说家大宫，野岛恋慕的女学生杉子，杉子的朋友兼大宫表妹的武子，还有杉子的哥哥、同时也是野岛朋友的仲田，最后是野岛的情敌早川——大概就这六个人吧。

“故事从主角野岛初次见到杉子开始，野岛深信杉子是要成为自己妻子的女性，为了见她还经常跑到仲田家，单方面地爱恋着她。

“野岛只把自己的爱慕之情告诉好朋友大宫，而大宫是个既诚实又有男子气概的男性，他总是认真倾听野岛的话，也一直为野岛的恋情加油。

“但是，杉子喜欢的并不是野岛，而是大宫。

“处在爱情友情两难抉择中的大宫，为了贯彻友情，决定到海外留学，但是他还是一直跟杉子保持书信往来，结果他最后终究压抑不住对杉子的感情，就把杉子叫来自己身边了。”

竹田同学听得眼睛圆睁。

“哇！这么说的话，那野岛不是又失恋又失去好朋友吗？太可怜了啦！”

“是啊。结局虽然悲伤，不过却强而有力又感动人心喔。而且野岛为了杉子而朝思暮想时忧时喜的描写，也很有感染力呢。还有还有，这一幕不是很棒吗？野岛在沙滩写下杉子的名字，祈祷着如果波浪起伏十次都没有把字迹冲掉，愿望就会实现，很罗曼蒂克吧……”

远子学姐摊开书页说明。

竹田同学和琴吹同学夹在两旁跟着阅读。

然后三人就这样脸贴着脸，一边翻着书本，一边聊着“啊，这个部分最棒了”或是“咦，可是这里不太好吧”。

一开始只有远子学姐一人在唱独角戏，她兴高采烈地说：

“呐、呐，野岛真的很可爱吧？你们也可以理解只要爱上一个人对整个世界都会改观的感觉吧？”

但是琴吹同学和竹田同学半途就开始反驳了。

“唔……可是我觉得野岛也太夸张了吧，远子学姐。”

“我也这么觉得哟……被人家这样纠缠的话，所有女生都会逃走的啦……这个野岛还真像情窦初开的小女生呢……”

“是、是这样吗？一般人谈起恋爱不都是这个样子吗？”

“你看，杉子写给大宫的信里面也提到‘我宁死都不想当野岛先生的妻子’、‘我实在不想在野岛先生身边待一个小时以上’这样耶……”

“我可以理解，野岛实在是太烦了，随便把杉子视为自己的妻子，只要看见杉子跟别的男人说话就会生气地想‘那个水性杨花的女人，一点都不值得我去爱’。这家伙以为自己是什么人啊？”

“就是说嘛！因为野岛希望杉子只依赖自己一个人，还擅自妄想自己是国王，把杉子想象成女王，所以杉子才会逃走嘛！”

“是啊是啊。”

面对突然变得意气相投的这两人，远子学姐依然坚持地为野岛辩解。

“可是，这就是野岛的魅力所在啊！人只要谈起恋爱，就会不由自主地在脑中编织出各种故事，为了所爱的人心情也会摇摆不定，有时也会失去自信陷入忧郁苦闷，有时还会像小孩一样无端迁怒。

“如果自己最喜欢的人也同样喜欢自己，就会觉得自己可以成为更棒的人，好像能够支配整个世界一样。有时充满了轻飘飘的幸福心情，有时也会焦虑不安想要哭泣，夹在这两种复杂心情之中认真烦恼的野岛，不是很直率又很可爱吗？”

远子学姐笑容满面说出的意见，却被琴吹同学果断推翻。

“就算是远子学姐的意见，我也无法苟同。如果对这种喜欢会错意的男人太好，他反而会纠缠不休吧。”

“是啊……千爱也这么觉得哟……而且大宫也比野岛帅多了……他跟杉子打起桌球毫不手下留情的那一幕，真是太帅太萌了……”

“就是嘛。大宫真是个好男人呢。他要去外国时的离别之言也好感人呢。”

琴吹同学以十分赞赏的表情点着头。

“怎么这样说，你们两人也好好地感受一下野岛的魅力嘛……”

真没想到她们可以为了小说中的人物兴奋成这样，令我佩服得五体投地。我跟芥川都没有加入女生们的对话，只是站在一旁默默听着，结果竹田同学就转头过来问道：

“心叶学长和芥川学长又是怎么想的呢？”

“呃？那个……野岛可能真的不太会看人脸色，不过大宫突然在杂志上刊登他跟杉子的信件，野岛看到之后心中会作何感想呢……”

我还在紧张地思考措辞之时，芥川却以强硬的语气说：

“我认为，大宫不应该接受杉子的感情。不管有什么理由，他的行为都背叛了信赖着自己的朋友，这不是诚实的人该做的事。”

芥川的表情和声音一样严肃，他望着半空的眼睛闪烁出强烈的光芒。

这段突如其来的坚决发言，让竹田同学和琴吹同学都呆住了。

我也慌了起来。你是怎么啦？芥川！

就在气氛变得沉重时，远子学姐双手撑在桌上挺身说道：

“哎呀，就是因为诚实男性心中有这样的纠葛，所以才会产生文学，以及感动人心的力量啊。如果大宫是个喜好玩弄人心的浪荡子，就不会在写给杉子的信中表现得那么犹豫了嘛。我最喜欢的就是这段剧情了，要譬喻的话，就像是‘再来一块豆腐！不，再来三块！四块！不，店里有的全部拿出来吧！还要放上满满的生姜！’这样吧。”

我又开始头痛了。

“这个譬喻太难懂了，远子学姐。”

不只芥川僵着不知该作何反应，就连琴吹同学和竹田同学也露出困惑的表情。

远子学姐竖起右手食指左右摇晃，以一副欣喜的模样说：

“呵呵，简单地说，就是肚子已经吃得饱饱的了，却还想再继续吃的感觉啊。”

“我想没人听得懂吧。好了啦，已经快没时间了，还是继续讨论吧。”

“哎呀，真的耶！”远子学姐抬头望向墙上的时钟，惊讶地说。“那么，我们就先来决定角色吧。我看野岛就让心叶来演，大宫就交给芥川啰？”

“不要。我才不想当主角。”

我立即回答。光是叫我演戏已经够麻烦了，我才不想卖命到那种地步。

“咦，可是千爱觉得角色这样分配很适合啊！”

“就是啊。男生只有芥川和井上，不要抱怨了，爽快地答应吧。”

“我可以演野岛吗？”芥川也提出要求。

“这样不行啦……因为大宫的形象是高大的美男子啊。如果野岛还比大宫帅的话，这样杉子喜欢大宫就很没说服力了嘛！”

竹田同学的发言是很中肯。可是，在我面前说这种话不是很失礼吗？

结果远子学姐就朗声说道：

“好，我知道了！身为文艺社社长的我，在此宣布接下野岛一角。”

“咦咦，远子学姐要反串吗！”

“哇，这就是所谓的男装丽人吗？还是该说宝冢呢？”

琴吹同学和竹田同学都惊讶得目瞪口呆。

芥川好像也吓了一跳，我更是整个人都呆住了。不过话说回来，她那种贫乏的胸围的确不用费多少功夫就可以扮男装了……

“就交给我吧，我这个‘文学少女’一定会演出最棒的野岛给你们看。所以芥川也愿意饰演大宫吧？”

“好的，如果大家不嫌弃的话。”

芥川也点头了。

“太好了！那就请多多指教啰，芥川！我一直都很想找你来参加演出，所以当你答应的时候，我简直忍不住要欢呼了呢！”

远子学姐竟然可以若无其事笑着说出这种话……虽然她的确很希望找芥川来演话剧，但她只是希望在文化祭吸引更多女性观众吧？芥川不知是困扰还是腼腆，他的嘴边浮现了复杂的笑容。

“那么，接下来就是女主角杉子。”

“我要提名七濑学姐。”

“啊，竹田！你在胡说什么啊！”

琴吹同学显得很慌张。

“因为杉子是让野岛一见钟情的美少女呀，所以七濑学姐来演最适合了喔！”

“可、可是，那个……我的演技实在……”

“千爱说的没错。如果是小七濑的话，一定可以演出很精彩的杉子哟。要不要试试看呢，小七濑？”

远子学姐双手按着琴吹同学的肩膀，她红着脸犹豫了好一阵子，然后还往我的方向看了两三眼，才不好意思地小声回答：

“……好、好的。”

“琴吹同学，加油喔。”

我本来想帮她打气，可是原本扭扭捏捏的她却突然抬起头来，还强调地说了一句“我会接受这个角色，跟井上一点关系都没有”。

“呃……喔。”

接下来，又决定让竹田同学饰演杉子朋友兼大宫表妹的武子，我要饰演的则是野岛的情敌早川。我正在庆幸这么一来戏份就不多了，结果远子学姐又下令要我写剧本。

“麻烦你在下周一交出来哟。我会好好期待的，心叶。”

……离下周一不是只剩五天吗？她真的想把学弟累到死吗？

解散之后。

我去图书馆借了《友情》，出来之后发现校舍墙壁和校园中的樱花树都已经染上了夕阳的光辉。如浪涛般满溢的朱红与金色光芒中，我一边感受着微冷的秋意一边走出校门。

然后，就看到芥川的身影出现在不远的前方。

他把自行车停在一个红色邮筒旁，挺拔地站着，好像正要把信投入邮筒。他染上夕阳余晖的侧脸显得有些凝重，仿佛带着一丝忧郁的色彩，所以我也停下脚步，没有继续走近。

"……"

芥川稍稍皱眉，神情悲伤地看着手上的长方形白色信封。

片刻之后，他才轻轻把信投入邮筒，坐上自行车就要走了。

"芥川。"

我一边大喊一边跑过去，芥川转过头来，脸上好像有些尴尬。

"你现在要回去了吗？"

"嗯。我已经去社团露过脸了。"

芥川下了自行车，我们两个并肩走在黄昏的路上。

我试探地询问了我一直很在意的事。

"芥川，你是自愿演话剧的吗？真的不是因为远子学姐的缘故吗？"

芥川端正的脸庞还是看着前方，他用仿佛可以穿透人心的沉静语气说："让你担心真是不好意思。可是，听到天野学姐邀请我参加演出的时候，我也想要做做看我平常不会做的事。因为最近心情很烦躁，所以有这种机会我反而还觉得很感激。"

“因为成绩的事吗?”

我觉得呼吸有点困难。

我真的可以问这种事吗？最好还是别太超过，要小心别破坏了原来的平衡……我怀着如履薄冰的恐惧，慎重地选择词汇。

“你是不是还有其他烦恼呢？好比说……恋爱啦?”

话说出口之后，我的心急遽跳动，还感到有些后悔。

如果他表现出不悦的话该怎么办……可是，芥川连表情都没有改变。

“为什么你会这样想呢?”

“因为你很有女人缘啊。你有女朋友吗?”

更科同学的脸浮上我的脑海。那一头柔顺的长发，还有清秀又成熟的脸庞，柔细的声音。

——求求你，帮我问问看一诗有没有其他喜欢的人好吗?

我认为芥川不像是会脚踏两条船的人。可是……

“没有。”

他回答的声音有些僵硬。

“是吗，真是意外耶。”

“没这回事。”

他不想让别人知道更科同学的事情吗？是因为害羞吗，还是有其他难以启齿的理由呢?

“井上自己呢?”

“我？我也没有啊。我跟你不一样，就连被女生叫出去的经验都没有。”

“可是你跟天野学姐的感情好像很不错，你们不是情侣吗?”

我听得差点跌倒。

“你别闹了，这种事情绝对不可能的啦。我只不过是负责帮远子学姐做点心……不，是跑腿。她成天都在使唤我，拼命虐待我这个学弟耶。那个人太蛮横了啦。”

只有这件事我非得强烈声明不可。

“是吗……那么……”芥川好像正要说什么，却突然改口，“不，没什么。”

我很在意他没说出口的那句话。他想要问我什么事呢？

“那么，芥川，你喜欢哪种类型的女生啊？”

这次我试着问得迂回一点。芥川低头沉思片刻。

“……倒是没什么特定的类型，不过……”

他突然闭上嘴，流露出悲切的眼神。

“……如果见到女生出人意料的一面，我就会忍不住在意起她。譬如平常看来盛气凌人的女生，却无意见到她躲起来哭泣的模样之类。”

虽然这只是譬喻，却让人感觉很写实。芥川一定看过本来以为绝不会哭的骄傲女孩哭泣，心情因而受到动摇的经验吧……

我也突然想起，放暑假之前去医院探望琴吹同学时，她在病床上的脆弱表情。

看到向来好胜的琴吹同学含泪低头的模样，我也感到内心产生了动摇。只要想起当时的琴吹同学，就觉得心情有些浮躁。

不过，我应该没有喜欢上琴吹同学吧……

咦？奇怪，芥川的女朋友更科同学，怎么看都不像是盛气凌人的类型啊？还是说她外表看来成熟，其实是个像远子学姐那样的冲动家伙吗？远子学姐光看外表的话，也只是个秀气的文学少女而已。

“井上呢？你喜欢怎样的类型呢？”

突然被他这么一问，我也呆住了。

像游丝般浮在脑海，那个令人怀念的可爱女孩的事，我怎样都无法说出口，胸口痛得像是要裂开一般。

“我也不知道……”

我强装笑容喃喃说着。

不觉之间天色已经变冷变暗，街灯在柏油路上照出两条黑影。我们之后随便聊了些无关紧要的事，就各自回家了。

这已经是给你的第几封信了呢？

上次写给你的信太过情绪化，还提到不少悲伤的事，让我感到很后悔。

我没有顾虑到现在的你也正处在漫长的辛苦奋战之中。你一定觉得整个世界都对自己抱有敌意，就像被冷冽的刀枪包围了吧？因为几次被人背叛、被人伤害，就连最后的希望都被最亲近的人切断了，或许你已经深信着，这个世上再也没有自己的伙伴了吧？

我现在终于理解，你强韧的意志和烈火般的好强脾气，都是因为拒绝憎恨这个世界而产生的。我也理解了，对现在的你来说，憎

恨是你藉以支撑自己所必须的情绪。

即使如此,我还是无法承受被你用充满憎恨的眼神注视。我真的很想帮助你,想到胸口都会痛起来。跟你避不见面的我就算说出这种话,或许你也不会相信吧。可是,我真的很想成为你的战友。

如果不是你期望我做出那种不诚实的行为,我一定会高高兴兴地跑去你的身边。

所以,希望你可以冷静,就算只有一点也好,希望你能打开心扉。

如果我说因为我担心你是不是还在哭泣,担心到睡不着,你一定会气得想要甩我巴掌吧?

第二章

柠檬饼干是青春的滋味

决定演员名单之后的几天，我一直在社团活动室里专心编写剧本。

“武者小路的小说，主要是以主角内心独白和对话组成的，所以要改编成剧本应该很方便吧。心叶一定做得到的，加油喔。”

虽然远子学姐说得很轻松，可是对话再多，也不能原封不动地搬到剧本里啊。而且演员人数不够，所以杉子的哥哥仲田和他的朋友都不能上场，非得用合理的方式补上他们的台词不可，原本他们会出场的场面也必须改写。长台词在小说里是没什么大不了的，但是在舞台演出的话就会变得很不自然，观众也很容易听腻。

我来回瞪着一本五十张的稿纸以及从图书馆借来的《友情》，表情苦闷地思索着剧本内容，而远子学姐则是在一旁不雅地把脚踏在铁管椅上坐着，开开心心地“点菜”。

“记得要把大宫埋藏在心中的思念，还有杉子对大宫的倾慕完整地传达给观众唷。野岛、大宫和杉子——这种酸酸甜甜的三角关系，正是这个故事里最美味的部分呢。

"沉浸在爱上某人的喜悦之中的野岛，还有理智上支持朋友的恋情、感情却不由自主受到杉子吸引的大宫——啊啊，真是太浪漫了！

"大宫虽然故意冷漠地对待杉子，可是杉子反而越来越喜欢这样的他。野岛、大宫、杉子，还有杉子的朋友武子四人一起玩牌的时候，杉子害羞得面红耳赤、不时发呆和失误的模样比什么都可爱啊！

"对了，就像沾上柚子醋的汤豆腐一样，吃完之后嘴里肚里都暖烘烘的。跟野岛的心情一起品味的话，就像是淡淡的酸味和柚子清香，让人感到胸口都紧起来了哟。

"野岛和大宫的友情也要充分地描写哟。就像小七濑也说过的，大宫出国之前在车站里，压抑着他对杉子的感情而对前来送行的野岛说'我会祈祷你得到幸福的'，那一幕最感人了。就好像舌头被炽热的豆腐烫伤一样疼痛呢。

"也有人说，大宫这个角色就是以'白桦派'的成员志贺直哉作为典范的。武者小路虽是贵族出身却不得不过着贫苦生活，志贺则是资产家的儿子，愉快过着学生生活；武者小路对运动很不拿手，志贺却是运动万能。成长背景和性格都截然不同的这两人，借着创作而成为彼此独一无二的知己。他们还曾经一起徒步旅行，直到变成老爷爷了感情都一直很好呢。"

就这样，远子学姐一边开心地讲述着武者小路和志贺的友情故事，一边捡起我写坏的原稿，撕成小块，吧嗒吧嗒地吃了起来。

“唔……台词稍微长了点，味道变得有点平淡呢。节奏就是对白的生命啊，就像拿菜刀削着整根萝卜一样，必须节奏明快地削下重要的台词。比较有喜剧性质的场面就要用短促轻快的节奏下刀，像是唰唰唰、唰唰唰这样。

“啊，这里感觉很棒呢。就像冷豆腐从喉咙里轻轻滑过一样。没错！武者小路就是这种感觉啊！

“呜……这里太硬了啦，好像豆腐里面加了烧焦的虾子尾巴啦……

“哇，这里暖暖的好好吃喔……就像要含在口中吹凉才能吞下去的感觉。心叶真是个天才！”

我一丢下稿纸，她就立刻捡起来，劈里啪啦地不断吃下我写的剧本。

“揉起丢掉的东西干吗还要特地捡回来吃呢？会吃坏肚子喔。”

听我这么一说，远子学姐轻轻扬起被窗口射入的夕阳染成蜂蜜色的长睫毛，绽放出笑容说：

“不要紧的啦，我已经被心叶的‘点心’训练出钢铁般的胃肠，不会因为这么一点东西就吃坏肚子的。而且，这可是非常质朴的美味喔。大概就像是跟面包店讨切掉的吐司边来吃的感觉吧？偶尔会碰见一角沾有一点草莓果酱或蓝莓果酱，那时就会觉得赚到了。”

我不禁愕然，这个人对于“食物”真的很贪心呢。可是，看着她不断捡起揉皱的稿纸，开心地撕碎吃下去的模样，我就觉得胸中兴起一种微妙的骚动。

“对了，芥川后来怎样了？”远子学姐含着稿纸口齿不清地问。

“跟平常一样，没什么特别的。”

从我跟他一起回家的那天以来，我们几乎没再交谈过。总觉得如果知道对方太多事，自己的事情也会无法隐瞒下去。无论是过去发生了什么事、喜欢的人是谁、对方现在怎么了，我都不想让任何人知道。

我也向更科同学道了歉，说我没办法问出结果。下课时间在无人的走廊上跟别人的女朋友私会，让我觉得有一种在做坏事的感觉。

更科同学知道芥川要在文化祭演话剧时，好像受到不小的打击。

“一诗说要演戏？真的吗？”

当时她喃喃地问着，眼眶好像还浮现出泪光。

远子学姐一边咀嚼写坏的剧本一边说着：

“因为心叶的朋友很少，所以一定要跟芥川好好相处喔。”

这句话让我心里涌起一阵寒意。

我跟芥川算是朋友吗？

的确我们会在教室里互相比对作业，没事也会闲聊几句……可是我们并不像野岛和大宫那样会畅谈彼此的未来，也不会谈论感情的话题，也感觉不到让人感动得想哭的友情，更不会为了对方两肋插刀。

野岛和大宫之间的羁绊既美丽又强烈。但是，如果他们不是这么亲密的朋友，大宫就不用因为爱上杉子而承受那样的痛苦，野岛也不会因为大宫的背叛而受到那么深重的创伤。

没错，如果不对他人赋予期待，也不跟别人过分亲昵的话，就不会失去也不会绝望了……

所以我绝对不要像野岛那样相信他人、依赖他人。

“芥川答应参加演出真是太好了……如果话剧成功了，社员也因此增加就更棒了吧？”

在黄昏的光辉中，抱着膝盖坐在铁管椅上的远子学姐眯细眼睛，悠闲地微笑。

“这么一来，远子学姐就不能随兴所至地吃点心了吧。”

“啊，糟糕，我都忘了。可是我又很想要有很多社员……不然文艺社的存亡……可是可是，我也很想吃‘点心’……呜呜，好烦恼啊！”

看她像个小孩一样哭丧着脸认真烦恼的样子，我也觉得心情比较舒缓了。

这个周末，我也在家里持续写剧本。

星期天中午，当我正在自己房里专心填写稿纸的格子时，妈妈敲了房门走进来。

“心叶，差不多该吃午餐了喔。咦？”

妈妈看到我桌上摆着一大叠稿纸，好像有点讶异。我急忙解释说：

“我正在写学校的报告。因为很难写，所以可能会写坏很多张。”

妈妈温柔地微笑了。

“是吗，真是辛苦呢。可是面条放太久会糊掉，还是早点下来吃哟。”

房门关上，剩我独自一人之后，我忍不住感到自己的脸热起来了。不知道妈妈有没有发现我在说谎？

其实只要坦白跟她说，我是在写文化祭要演出的话剧剧本就好了嘛……

我的家人都知道我在高中参加了文艺社。

但我是在入社两个月之后才告诉家人，而且也没提到每天都要写三题故事的事，只是简单地说明了“因为社员很少，也没什么大活动，只是跟学姐聊聊文学作品而已”。

因为我不想让家人太过担心……

两年前，当我还是初三学生的时候，我把第一次写的小说拿去投稿新人奖，结果竟然成了史上最年轻的得奖者。

从此之后我的生活就有了大幅转变，不只作品以谜样蒙面美少女作家的身分大肆宣传，得奖小说还成为畅销书，让井上美羽这个名字传遍了全日本。

但是，这对我来说反而是把自己推入黑暗深渊的不幸事件。我失去了最喜欢的女孩，还罹患了会突然无法呼吸的疾病因而无法上学，只能缩在家里，给家人添了不少麻烦。

就算到了现在，妈妈也会为了我假日都不跟人出去、也没有朋友打电话来找我而担心，偶尔会用悲伤的眼光望着我。

每当我看到那种眼神，或是突然想起往事时，就会觉得自己实在活得太无力、太丢脸了，喉头还会因此纠结起来。

为什么我会这么脆弱呢？这种情况到底还要延续到何时？

我再也不要毁坏任何东西，也不想再失去任何东西了。所以，我决定绝对不再写小说。因为我在初中写了那本小说真是大错特错。

我合起五十张一叠的稿纸，怀着郁闷的心情走下楼，脑中还一边浮现出野岛的台词。

何等高贵的女孩啊！

我会成为有资格当她丈夫的男人。

神啊！在那之前请别让她嫁给别人！

我也有过像野岛那样热恋的经验。但是，我再也见不到那个女孩了。

周一早上。我在文艺社的活动室里交出计算机打字打印出来的原稿时，远子学姐扭曲着面孔近似哭喊地大叫：

“讨厌啦……为什么不是手写的啊！在洁白的稿纸上用铅笔一字一字写出来的东西，才像是亲手制作的美味啊！心叶明知我喜欢手写的稿子，竟然还给我这种东西，太过分了！”

“没办法啊，因为手写在稿纸上的剧本很难读嘛。再说，如果剧本被远子学姐吃掉的话不就完了吗？”

“我才不会这样呢！呜呜……心叶使用了文书处理机吧？”

“有必要的话自然会用啊，这是现代人的常识吧。而且我也会盲打喔。”

“你这个背叛者！”

远子学姐眼眶含泪地瞪了我一眼，就突然喊一句“对了”，然后开心地朝我伸出双手。

“应该有手写的原稿吧。请把原稿交出来。”

“今天是资源回收日,早上我已经把原稿跟漫画捆成一叠拿去回收处了。”

“太过分了!你竟然做得出这种事!你这欺负学姐的坏蛋!恶魔!”

我毫不留情地对着哭哭啼啼的远子学姐说:

“总之影印和装订就麻烦你了。啊,这是文字文件的拷贝数据。”

我正要把光盘递给远子学姐,她就抓着我的袖子说:

“给我等一下,心叶。这笔账我一定会跟你算的。等一下我还有更重要的使命要交给你,因为我是心胸广大的学姐,所以你如果达成任务,剧本的事我就不跟你计较了。”

真是的,她到底要把人使唤到什么地步才甘愿啊……

午休时间。我抱着未战先败的心情,来到了管弦乐社。

坐落在中庭的广大建筑物之中,最主要的是大音乐厅,其他还有若干个小会馆和小房间,而最高一层就是管弦乐社社长、同时担任女性指挥者的三年级学生姬仓麻贵——通称“公主”——的专属画室。

“打扰了。”

我推开门走进去,就看见光线充足的房间中央有位卷起水手服袖子、又套上工作用围裙的长身女子,正在对着画板挥动画笔。

墙上挂着几幅水彩画和素描作品,巨大的桃花心木书柜上,摆满了豪华的精装文学全集。

“欢迎光临,心叶。”

麻贵学姐牵动她丰厚的嘴唇微笑着说。一头棕色的大波浪卷发像狮子鬃毛一样披散在胸前和背后，在阳光的照耀之下灼灼生辉。

“你今天是来帮远子传话的吗？没关系，先喝杯茶放松一下吧。”

一位身穿黑色西装的高大男性，以利落的动作在铺了桌巾的小桌子摆上三明治、水果，还有盛满红茶的茶杯。

他叫做高见泽，是在麻贵学姐祖父手下做事的人。麻贵学姐的祖父就是这间学校的理事长，麻贵学姐之所以会被称为“公主”，又能在学校里享有各种特权都是因为这个缘故。

坦白说，我一向很畏惧这位学姐。或许是因为我属于草食动物类型，而她可说是肉食动物的类型吧。我总觉得只要稍有疏忽，就会被她的尖牙利爪给撕裂了。

“那我就不客气了。”

我在麻贵学姐的款待之下喝了红茶，然后抓起三明治。薄薄的吐司夹着鲑鱼和小黄瓜制成的三明治咸度适中，相当好吃，但是因为面前有个让我心存畏惧的人，所以只能说是食不知味。

“说到远子啊，她最近只要一看见我的脸就会生气地跑走耶。我是不是被她讨厌了呢？”

从麻贵学姐的语气听来，她仿佛还挺享受远子学姐的反应。

“那都是因为麻贵学姐逼迫远子学姐当裸体模特儿吧。”

“可是我对她真的是一见钟情啊。像那样的素材是很珍贵的喔，我在毕业之前一定要说服她。心叶也想看看远子的裸体画吧？”

“我没什么兴趣。远子学姐那种程度的胸部，我已经在镜子里看习惯了。”

“那么，你想看我的裸体吗？”

我一口喷出红茶。麻贵学姐轻轻地笑着。

“开玩笑的啦。”

“请不要开这种玩笑，对心脏不太好。”

“不可以告诉远子哟，要不然她一定会更讨厌我的。”

“麻贵学姐就是因为这种言行才会被讨厌吧，而且还常常讽刺远子学姐文艺社的社员很少、社团活动室很狭窄、没什么存在感。”

“因为远子生气的脸太可爱了，所以我才忍不住逗她嘛。”

没用的，这个人根本没有半点悔改的心情嘛。赶快把事情处理好然后离开吧，要不然好像随时都会被她给吞了。

“都是因为麻贵学姐在旁边煽风点火，害远子学姐又兴致勃勃地惹出一堆麻烦事，所以请你负起责任。”

麻贵学姐嘻嘻笑着说：“你是说文化祭的话剧演出吗？虽然已经找到演员了，但是那种狭小的活动室没办法拿来排演吧？而且也必须准备照明和布景吧？”

她大概已经知道我被派来这里的目的了。想要在这个人面前玩小把戏是行不通的。

“是啊，因为我们社团的毕业校友太少了，又没有资源和关系可动用。麻贵学姐可以帮帮忙吗？”

我从制服口袋里拿出几张照片，排列在桌上。

麻贵学姐眯细眼睛。

“比起你上次威胁我的情况，这一次的手段好像更高明嘛。”

那些照片拍的是穿着体育服、被排球砸倒在地上的远子学姐，还有穿着学校泳装坐在游泳池畔、因为脚抽筋而哭丧着脸的远子学姐。这些照片是从摄影社的男同学那里买来的，本来我是打算在远子学姐失控的时候拿出来，或许可以让她听话一点，没想到会在这种时候派上用场。

麻贵学姐摸着照片上远子学姐的身体曲线，她手指的动作感觉有点猥亵。

“不过，还是太天真了。”

“呃？”

“比这些更可爱或更惊人的远子校园生活照，我少说也有几百张吧。”

“几、几百张……”

“想要跟我谈条件的话，就一定要拿更珍贵的照片来才可以喔。譬如说远子的裸照，或是私底下的照片之类。”

“那样是犯罪吧。”

麻贵学姐哧哧笑着。

“算了，随便啦，那么我就收下这些照片吧。要排练场地的话，只要是空着的会馆都可以让你们使用，照明和其他东西我也会全部帮你们准备好的。”

“真的可以吗？”

我疑惑地望着麻贵学姐。因为此人是那样的个性，所以一定还有下文。

“呵呵，我也很想看看远子演的话剧啊。你们不是要演武者小路实笃的作品吗？让解开辫子穿着古装的远子加入我的照片收藏也不赖啊。”

看来我还是先别告诉她远子学姐要反串男角的事比较好吧。

“那就麻烦你了。远子学姐一定会很高兴的。”

我一边暗自盘算，低头敬礼之后就离开了画室。

“麻贵答应要帮忙了吗？心叶真厉害，真不愧是我的学弟啊！我就知道你一定办得到！”

等在音乐厅外的远子学姐，听完我的汇报就高兴得赞赏有加。

远子学姐还真会顺水推舟。她明明就是不想自己去拜托麻贵学姐，所以才叫我去吧。

“这么一来所有问题都解决了。今天放学之后就开始排演吧！”

“哇，这个剧本还暖暖的耶！七濑学姐你看！”

“不要把剧本贴在我脸上啦，竹田。哇，真的耶，纸都还是暖烘烘的！”

“嘿嘿，因为这是刚出炉的嘛。”

放学后，我们在麻贵学姐拨给我们使用的小会馆集合。在套上红色椅套的五十张座椅前方，有个跟讲台差不多同样高度的半圆形小舞台，这个场地拿来排演可说是绰绰有余了。每个成员都已经拿到刚影印装订好的剧本，我们首先开始对起台词。

“我好像曾经在表妹那里看过一次照片。那位女性还算漂亮吧。”

令人惊奇地，芥川演起大宫这个角色十分相称。

他禁欲主义者的气质、诚恳的态度、低沉的声音，原本就很符合这个角色的形象了，而他念起古典的台词也是疏淡有致，感觉非常自然。

另一方面，担任主角的远子学姐则是……

"'还算'一词听起来好像不太认同嘛。"

唔……远子学姐的声音太做作了……虽然感觉得出她故意模仿男性的语调，但是听起来就像嘴里会衔着玫瑰的那种恶心家伙扭捏造作的声音。

更糟糕的是，她的动作实在太夸张了，光是讲一句台词，又是敞开双手、又是高举手臂、又是仰天长叹、又是抱头呻吟。跟芥川低调的演技相比，实在太不平衡了，整个感觉非常诡谲……

"世上正在刮着风暴，那是思想的风暴。我如同一棵大树屹立在这场风暴之中，一步也不退让。能够给予我这份力量的就只有杉子。因为有杉子相信着我，我才办得到。"

远子学姐像是狂风中的树木一样激烈地左摇右摆，然后转了一圈，双手交握在胸前，睫毛啪喳啪喳地眨动，故意装出柔媚的声音说：

"啊！我心爱的野岛先生，我相信您。您一定可以获得胜利。请让杉子成为野岛先生的妻子呀！"

"停！暂停一下！"

我终于按捺不住，冲到越演越热烈的远子学姐面前。

"干吗啊，早川。我正在述说对杉子的热情，不要打断我啦。"

"你说谁是早川啊！就算这是野岛的妄想场面，也不需要把语尾拖长成这样吧，实在是太恶心了。我可不记得自己有在剧本里加过波浪号。再说你的动作也太夸张了。”

“因为我太入戏,嘴和身体就自己动起来了嘛。可以变得这么像另一个人,或许我出乎意料地有女演员的才能呢。”

“刚才那种表现只像个变态吧。”

“咦咦咦咦,我可是忠实地表现出热恋青年内心深切的思念呢!”

“也深切得太过头了吧,总之请不要做多余的动作,普通地表演就好了。”

“这样的话就没办法把野岛的心情传达给观众了啊。”

“传达得太过火只会打乱整体气氛吧!”

我跟远子学姐争执的情况让琴吹同学看得目瞪口呆。芥川也露出了讶异的表情。我突然惊觉自己不小心恢复成平时跟远子学姐相处的态度,自己也吓了一跳。

“总、总而言之,请好好地依照剧本演出吧。”

远子学姐不甘不愿地回答着“好……”,我们又继续开始排演。真是不妙,我在教室里明明可以扮演好成熟冷静的自己不是吗?

“杉子、杉子,你看那朵云,是不是很像谁的脸呢?”

“像谁的脸呢?”

竹田同学也演得不错。虽然这角色是个娴静的女性,跟竹田同学平时的个性正好相反,不过她却能演得入木三分。

琴吹同学不知是不是太紧张了,演技感觉很僵硬,念台词的时候也是一脸羞涩的模样。或许她的个性意外地害羞吧。此时我们眼神交会,她一下子脸都红了,急忙把头转开。

“心叶,接下来是你的台词哟。”

"啊,好。'啊哈哈哈哈,碰上武子还真是拿她没办法呐。'"

"哎呀,心叶,你只是在照本宣科嘛。"

"井上,你笑得太假了。"

"心叶学长,你要更加投入感情才可以啦!"

"……"

我饰演的早川受尽恶评。

排演结束后,竹田同学笑嘻嘻地跑到远子学姐身边。

"远子学姐,今天车站前有一家文具店新开幕哟。我看过他们的传单了,除了文具之外还有好多便宜又可爱的商品喔,等一下要不要一起去逛呢?"

"啊,听起来不错耶。小七濑要不要一起来呢?"

"我没有特别想去……不过,既然远子学姐要去的话我也去吧。"

"哇! 七濑学姐也要一起去啊!"

虽然我一开始担心过,不过琴吹同学和竹田同学好像还处得不错嘛。三个女孩离开之后,我也和芥川一起走出小会馆。

我们沐浴在一如往昔的火红夕照中,芥川牵着自行车,跟我并肩走着。

"唉,演戏还真不容易呢。"

"别在意。我们又不是职业演员,演得不好也是情有可原吧。"

"可是芥川很厉害耶,声音也融入了演技,让我好惊讶。"

"是吗? 我只是照着剧本念而已。"

"你原本的声音就很适合了吧。芥川果然很适合演大宫这个角色啊。”

“……或许真是如此吧。”

奇怪，芥川的语气怎么有点消沉？我明明是在称赞他啊，难道我说错了什么话吗？

这个时候，芥川突然惊讶地瞪大眼睛。

“!”

在逐渐变暗的校庭前方——在黑暗中隐约显现轮廓的校门旁边，种了几株树龄很长的樱花树。更科同学仿佛想要隐匿身影似的，躲在伸展着被夜色染黑的叶片和弯曲枝桠的树后。

她带有忧色的眼眸闪现泪光，如同处于严冬风雪中，嘴唇和手足都抖个不停。

更科同学突然跑了过来，扑在芥川的胸前，凄切地哭诉着：

“一诗……我……我该怎么办才好……请救救我……一诗……”

我的背上爬起一阵寒意——我看到了，更科同学抓着芥川衬衫的手指，好像沾了红色的液体。

血？不，是夕阳的颜色吧？

芥川像是要把更科同学藏起来似的紧紧抱住了她。他低垂的侧脸，蒙上了痛苦的色彩。

隔天早上，我在上学路上见到芥川。

芥川把自行车停在路旁，把白色的长方形信封投入邮筒。

看到他严肃眼神的瞬间，我想起了昨天的事。

我正在犹豫着要不要开口叫他，芥川刚好把脸转过来，跟我四目相对。

“早安。”

我静静地笑着打招呼，芥川脸上一瞬间露出狼狈的神情，但是很快又转为平常的微笑。

“早安，井上。”

我抑制着胸中的不安，朝他走近。

“你在寄信啊？”

“家人拜托我帮忙寄的。好像是保险之类的申请书吧。”

我们一起漫步，持续着有一句没一句的闲聊。

走进校门的时候，芥川低声地对我说一句：

“昨天真是抱歉。”

我吓了一跳——在那之后，我就丢下芥川和更科同学自己先走了，所以也不知道他们后来讲了什么话。更科同学可能说了她哭泣的理由吧。或许也提到她纤细手指上的红色液体……

“那个人是你的女朋友吗？”

我假装不认识更科同学而询问，芥川愁眉深锁，很艰辛地回答着：

“……现在不是了。”

“那就是以前交往过啰？”

“……是啊。”

奇怪，更科同学说过他们现在正在交往吧……

“不好意思，再说下去就会提到对方的私事了，所以不能继续谈了。”

芥川的眉头皱得越来越深，嘴也紧紧闭上。就连我都感到胸口变得郁闷。

“不会啦，我才该道歉呢，我不会再问了。不说这个了，倒是英文的作业……”

我以寻常的语气转移了话题。

放学之后，我们在小会馆进行排演。

虽然我说过不会再问，但我就是忍不住一直挂念芥川和更科同学之间的事。

芥川站在舞台上，完美地扮演了大宫。现在正进行到远子学姐饰演的野岛在畅谈恋爱论的场景。

“上天赋予人类‘爱情’这么特别的东西，但是并没有赋予我们任意糟蹋它的权利。”

我还持续着胡思乱想。说不定是芥川打算分手，但是更科同学不愿意吧。也说不定是芥川有了其他喜欢的对象。

“无论如何，日本人太过轻蔑爱情了。但仲田并不是这样，他只是不想随便把妹妹交给爱慕她的人，而是要找一个能令自己心安的对象。”

我看见更科同学的指头沾染着红色液体，会不会只是不小心看错了呢？

“不好意思，我先去一下洗手间喔！”

竹田同学从观众席间迅速跑走，其他人也先休息片刻。

远子学姐笑着走到芥川身边。

“可以耽误你一些时间吗？我想跟你说一下大宫安慰作品被批评的野岛的那一幕。‘你只是提前受到报复罢了。我认为没人像你这么坚强这么优秀。’这句台词，我觉得稍微暂停一下比较好，可以给观众留下更深的印象。所谓的‘提前’，不就是指未来的事吗？所以‘提前受到报复’，就是大宫在祝福野岛说‘你将来一定会成功，而成功的代价就是现在必须先背负这种不顺遂’。这是非常能够表现大宫的人格，还有他对野岛的友谊的美味场景，所以不要太快带过去，稍微强调一下比较适当吧？我也会全力以赴表现出野岛的感动，对了，好比说……”

看来远子学姐应该是在指导芥川的演技，他也很认真地边听边点头。我就不是这样了，远子学姐说的话我都只是随便听听而已。

我坐在舞台下的座位，心不在焉地观望着，不知何时琴吹同学也坐到我旁边，悄声说道：

“喂……芥川该不会喜欢上远子学姐了吧？”

“啊？是、是吗？”

芥川跟远子学姐？不可能吧。而且不管我怎么看，都不觉得远子学姐对芥川有半点意思啊。不，她怎么想都无所谓啦……

琴吹同学倾出上身，噘起嘴唇很不满地说：

“可是芥川会答应演戏本来就很奇怪了。去年的文化祭，芥川的班上决定要演话剧的时候，所有女生都推选芥川出来演男主角喔！可是芥川却说他不会演戏，就干脆地拒绝了，去年跟芥川同班的小森还跟我说她好失望喔。”

“他们演的是哪一出戏剧啊？”

“是‘天鹅湖’，大家想推举芥川演的是齐格飞王子。”

“什么嘛，那只是纯粹讨厌角色吧？”

都已经是高中生了，没有人会想要扮演王子吧。

“可是扮演女主角奥黛特公主的是他们班上最漂亮的女生，叫做更科。”

我的心脏猛跳了起来。

更科同学？他们曾经是同班同学吗？更科同学听到芥川要演话剧的时候会流露出那么挫败的表情，就是因为这种缘故吗？

琴吹同学小声地继续说着：

“他拒绝跟非常受男生欢迎的更科演对手戏，却跑来文艺社参加演出，真的太奇怪了。不过，如果想成芥川对远子学姐有兴趣的话，就说得过去了。”

说完之后，琴吹同学窥视着我的表情。

这个嘛……芥川之所以会答应演出，只是因为欠了远子学姐的人情……我又不能把这理由说出来。

突然间，琴吹同学换了一副有点失落的表情。

“可是远子学姐都已经有男朋友了。那芥川不就没希望了吗……”

我一时之间还以为自己听错了。

“你说什么？”

远子学姐有男朋友！那种人有办法交到男朋友吗！对方是怎样的怪人啊！

琴吹同学咬着嘴唇转开视线。

“真……真的喔，是远子学姐亲口告诉我的。她说她的男朋友是个很适合白色围巾的人，因为他目前正在北海道猎熊，没什么机会见面，所以有点寂寞，不过他最近寄来了亲手钓到、亲手制作的盐渍鲑鱼，远子学姐还说非常好吃喔。所以远子学姐的眼中一定容不下学校里的男生吧。”

白色围巾？

猎熊？

鲑鱼？

我把这些词仿若三题故事的风格排列在一起，才想起远子学姐很正经地说过，她去给新宿之母算命被说是恋爱大凶星这件事。

好像是说她厄运结束之后的夏天，会在叼着鲑鱼的熊之前跟一位围着白色围巾的男性陷入情网……

我的脑中忍不住描绘出一位裹着白色围巾的青年向叼着鲑鱼的熊投出长矛的景象，顿时觉得头晕目眩四肢无力。琴吹同学，远子学姐只是在吹牛啊！

琴吹同学似乎很焦急，她快速地继续说：

“所以啊，那个，芥川或许会被甩掉吧。远子学姐都有男朋友了，就算喜欢也没办法了吧。真可怜啊……我说芥川啦。”

我垮着肩膀，满脸同情地听着她这番话。

我要在文化祭上演出文艺社的话剧。

剧本是武者小路实笃的《友情》,你应该读过吧?

我扮演的角色,是爱上好朋友喜欢的女性、最后还夺人所好的大宫。一边读着剧本,我就忍不住感到过去的自己、现在的自己都跟这个男人的影子重叠了。

因为我也是背叛了别人信任的卑鄙之人。

不管我再怎么后悔,也无法消除那天的过错。

我好几次做噩梦,梦见教室被染成一片血海,有一位少女胸前插着雕刻刀倒在血泊里,好几次听见她责备着我"为什么不遵守约定"的声音。每次我都会一身冷汗地惊醒,然后又重复着无尽的忏悔。

我肤浅的决定招致了最坏的结果,自从我伤害他人的那天以来,我一直很努力当个诚实的人,结果我还是重蹈覆辙了。

虽然我希望自己能更睿智、更小心、选择更好的选项,但我又让信任着我的人哀伤痛苦、陷入狂乱。

我是什么地方做错了呢?

到底是从何时、从哪里开始错的?

如此愚昧的我,或许没有守护你的资格吧。六年前那个时候,我是真的打算要守护朋友的。虽然那是背叛朋友的行为,但我仍然相信这样可以拯救她。不过,那只是因为我的无知而导致的误解。

我现在也一样,随时随地都在担心自己是不是又犯错了。我也害怕实现你的心愿,因为没有人能保证那是正确的。

可是,如果我放手不管,你会变成怎样呢?一想到这点,不管我被你如何唾骂、如何憎恨,还是想去你的身边听你诉说心愿,只是我依然担心是否选择错误,依然感到煎熬。

不,不行。那是不诚实的行为。

希望你不会撕破这封信，而是好好地看完。

大概又过了两个星期。

在那天之后，芥川看起来没什么特别奇怪的地方，所以我想更科同学的问题一定解决了吧。

这天放学之后，大家依旧去排演话剧。

“真正陷入热恋的人，是绝不能接受失恋的。那实在太寂寞了，寂寞得几乎令人无法承受。”

芥川的演技依然精湛。淡淡的语气却透出一丝悲切的感觉，会不会是因为他也正在谈一场辛苦的恋爱呢？

另一边，远子学姐的野岛也依然情绪亢奋得很诡异。她好像已经把台词背起来了，也不用看剧本，就像奇怪的外国人一样用夸张的动作热烈演出。

“我的恋爱观和仲田不同，我不认为恋爱就像在画布上作画一样，因为这只是自己在一厢情愿。”

我真希望她在念台词的时候，不要加入“唔……”或是“姆……”那种用力的语调。

在杉子家打乒乓球的场景里，远子学姐的动作也很怪异。

打乒乓球的场景共有两幕，第一次是野岛去杉子家玩，杉子在跟他对打的时候故意放水的愉快场面。第二次是杉子哥哥的朋友们聚集在她家开乒乓球大会，杉子陆续打败对手，赢得众人的喝采，但是大宫一上场就毫不留情地痛宰了她。因此这两幕是野岛和大宫作为对比的重要场景。

因为不能叫演员真的打球，所以只是挥空拍做做样子，然后播放打球的音效而已。

远子学姐一边挥着球拍，还一边“啊哈哈哈”地尖声高笑。

“我现在正在跟杉子打乒乓球。杉子的球技比我厉害，不过她并没有给我难看，反而为我费心，特地做球给我。这叫我怎能不感受到杉子的温柔体贴呢！”

远子学姐高举球拍，“喔喔！”地大叫。

“世上怎么会有如此纯洁、如此窝心、如此可爱的女孩呢！神让她出现在我面前，如果最后却不让我得到她的话就太残酷了。”

远子学姐的激动演出，让扮演杉子的琴吹同学有点畏缩。

“您真厉害呢，野岛先生。”

原本应该是一出充满大正时代浪漫气氛的青春故事，但是只要远子学姐一开口就变成了喜剧。就连有名的场景都弄得像搞笑节目一样，让人不禁担心起正式演出会变成什么德行。

到了休息时间，琴吹同学雀跃不已地打开了粉红色便当的盖子，递给远子学姐。

“那个，我自己烤了饼干，请大家一起吃吧。”

铺着可爱花朵图案烘焙纸的便当盒里，放满了以杏仁和蓝莓果酱装饰的可爱小饼干。

“哇，是七濑学姐亲手做的吗？真厉害，看起来好好吃喔！”

“谢谢你，小七濑。那大家就一起吃吧。”

远子学姐除了文字以外的东西都尝不出味道。她以前也说过，就像我们一般人吃纸也吃不出味道一样。那不是糟了吗！

在我心慌意乱的注视之下，远子学姐把手伸往面前的便当盒，捏了一块加了杏仁的圆饼干放进嘴里。

远子学姐咀嚼了一阵子，脸上逐渐绽开笑容。

“真好吃！杏仁和香草的味道在嘴里巧妙地融成一体，就像轻快又和谐的演奏一样喔。”

“真是的，远子学姐说得太夸张了啦。”

琴吹同学脸红得像是火在烧。

“啊，可是真的很好吃耶，七濑学姐。甜度也刚刚好，就算男生吃了也会觉得很合胃口吧！”

竹田同学也开心地吃着饼干。琴吹同学听到她的称赞，脸就变得更红，声音也变尖了。

“因、因为，那个，我最近正在减肥，所以才故意减少砂糖的分量啦。”

她说着就往我的方向看过来。

直到此刻为止，我一直思考着远子学姐的事。

“啊，那我也不客气了。”

我慌张地拿起叶子形状的饼干放进口中，手工饼干的坚硬口感，还有意想不到的酸味在嘴中扩散。这是柠檬口味吗？

“嗯，很好吃喔，琴吹同学。”

琴吹同学移开视线，结巴地回答：“是、是吗……我可没有故意配合井上的喜好喔。”

远子学姐继续把饼干送进嘴里，而且还叽叽喳喳地讲个没完。

“这个是蓝莓口味吧！果酱的衬托也恰到好处，真是美味呢！甜甜的果酱好像在舌上溶化散开！呃，这个咖啡色的是什么呢？”

“那是可可和坚果。”

“没错！可可！这个味道就是可可！稍微带点苦味，再加上坚果的酥脆和芳香，真是太棒了！”

“远子学姐真像个甜点评论家呢！”

“嗯嗯。我最喜欢甜食了！”

远子学姐接连不停地吃着饼干，还不断发表感想，害我在旁边都忍不住为她捏把冷汗。

这种时候还是不要太招摇比较好吧……太得意忘形的话一定会出错的。再说，吃那么多尝不出味道的东西，胃肠不会有事吗？我如果吃纸的话一定会搞坏肚子的，反过来想，这种情形也会发生在远子学姐身上吧？

“哇，这个叶子形状的饼干也好甜好好吃喔！”

“咦，很甜吗？”琴吹同学露出诧异的表情，“可是那是柠檬饼干，我想应该挺酸的吧？”

啊啊，果然出事了。

远子学姐紧张地解释着说：

“不、不是啦，有时总是会有几块做得特别甜嘛。嗯，的确挺酸的，不过，酸味之后的回甘正是青春的滋味啊。”

看来好像是蒙混过去了，让我松了一口气。

此时我突然发现，芥川非常严肃地盯着那个装了饼干的便当盒。

他那凄苦的表情，简直就像看到了什么不想看的东西……

我心中一惊。

“芥川，怎么了吗？”

我这么一问，芥川就像吓了一跳似的回答“没有，没什么”，然后露出复杂难解的笑容，抓起可可口味的饼干来吃。

“我一向不太喜欢甜食……不过这些饼干我倒是吃得惯。味道很不错。”

刚才他那苦涩的表情，只是因为不喜欢吃甜食吗？我觉得事情绝非如此单纯，胸中不由得隐隐骚动。

芥川再次把手伸向饼干。他吃完一个又拿一个，表情平淡地持续吃着。那副模样反而让我更加不安，简直像在逼自己吃些不想吃的东西一样。

另一边，远子学姐也欢欣喜悦地吃着饼干。

芥川和远子学姐……这两人真的觉得饼干好吃吗？

芥川我还不确定，但是远子学姐的舌头分明尝不出甜味啊。

便当盒里剩下最后一块叶子形状的柠檬饼干，远子学姐正要伸手的时候，我从旁迅速抓住了她的手腕。

“远子学姐，你已经吃得够多了。这块就留给我吧。”

远子学姐睁大了眼睛。

我抓起最后一块饼干放进嘴里。

芥川和竹田同学也惊讶地望着我。

琴吹同学红着脸，凝视着我吞下饼干的模样。

舞台上一片沉默。

“啊，那个……对了！因为琴吹同学的饼干太好吃，所以我忍不住想多吃一点啦！”

我慌忙解释之后，琴吹同学杏眼圆睁地瞪着我。

“胡、胡说什么啊，就算听井上说些客套话我也不会高兴的。”

“啊！七濑学姐害羞了哟！”

“你少啰嗦啦，竹田！”

琴吹同学红着脸瞪了竹田一眼。竹田同学却嘻嘻地笑了。

我的脸也热起来了。啊啊，我到底在干什么啊！

“那个，练习啦！我们开始练习吧！”

我话才刚说完，芥川裤子口袋里的手机突然振动起来。

“！”

芥川吓了一跳，低头看看自己的口袋。他拿出手机看过屏幕之后，表情就变得更僵硬了。

“抱歉，我有点事情，请容许我早退。”

他说完之后敬了个礼，就拿起书包走出去。

“发生什么事了？”

远子学姐和琴吹同学都露出疑惑的神色。我也很在意打电话来的人是谁。难不成是更科同学？

总之我们还是立刻重新开始排演，芥川饰演的大宫就暂时由我代替。

演到大宫和杉子对话的场景，琴吹同学还红着脸抱怨了好几次：

“讨厌，井上演技太差了，这样要怎么排演下去啊？”

到了傍晚，排演结束之后，远子学姐好像忘了预录新闻节目的美食单元，所以慌慌张张地先跑走了。

竹田同学也说着“明天见啰……”，挥挥手就离开了，只剩下我和琴吹同学两人。

我把剧本和笔记本塞进书包，刚收拾好就看见琴吹同学手足无措地站在原地。

“怎么了？琴吹同学，你还不回去吗？”

“要回去了啦！”

她口气不佳地回答之后，突然有点害羞地转开目光。

“那个……饼干真的好吃吗？”

“啊？”

“因为井上看起来好像没有吃够的样子。”

“嗯，的确是很好吃。不过烤饼干很费工夫吧？琴吹同学真是辛苦呢。”

“没、没有这种事啦。我、我还蛮喜欢下厨的，虽然功力好像还不太够。而且远子学姐好像也很喜欢吃嘛。”

“呃……”

你看吧，远子学姐。明明尝不出味道还故意装得好像很喜欢吃，才会沦落到这种下场。这下不妙了，该怎么办呢？要不要干脆让自作自受的远子学姐再多吃些没有味道的饼干呢……还是……

我正在犹豫时，琴吹同学就露出不高兴的表情说：

“什么嘛，那果然是客套话啊。”

“呃，不是这样啦……”

“井上就是这种人呢。不管对谁都装出一副笑嘻嘻的模样，其实肚子里在想什么都没人知道。”

我感到胸口像是被插了一支冰柱似的，心一下子都凉了。

“真是够了，有够差劲。”

琴吹同学背起挂着粉红色兔子吊饰的书包，咬紧嘴唇快步离开了。

我又惹她生气了……为什么琴吹同学老是这个样子呢？

她那句“差劲”不断在我脑中打转，我也只能无奈兴叹。

“哎唷！七濑学姐真是太可怜了。没想到心叶学长这么迟钝呢。”

应该早就先离开的竹田同学突然从门外探出头来，让我吓得差点窒息。

竹田同学若无其事地朝我走来。

“我忘记拿东西了，可是回来之后看到你们的气氛那么好，就不敢打扰你们了。”

“所以你就躲在外面偷看了吗？”

“要这样说也可以啦。”

她嘿嘿地笑了笑，在观众席的椅子边蹲下，捡起一本活页夹。

“七濑学姐都已经做得这么明白了，甚至焦急到忍不住表现出欺负人的态度，可是心叶学长为什么就是不懂呢？难道心叶学长没有看见七濑学姐书包上挂的兔子吊饰吗？”

我疑惑地歪着头。

“兔子？我是看到了，那又怎样？啊，难道琴吹同学喜欢芥川吗？”

因为琴吹同学好像很在意远子学姐和芥川之间的事，所以我立刻想到这里来了，可是竹田同学却夸张地垮下肩膀叹气。

“心叶学长就是这个样子，难怪七濑学姐要说你差劲了。算了，怎样都好啦。心叶学长以后自己慢慢想吧，反正这样的心叶学长也挺可爱的。”

“呃？咦？可不可以说清楚一点啊？”

“不行，这是秘密。”

竹田同学抱着活页夹嘻嘻笑着。那个鹅黄色的塑料活页夹上，印着一对白色的天使羽翼图案。

我惊讶地倒吸一口气。

“那个活页夹……”

“嘿嘿，很可爱吧？这是上次跟远子学姐她们一起去逛文具店买的。这叫做天使系列，在女生之间很受欢迎喔！其他还有粉红色、天蓝色和绿色。七濑学姐也买了同系列的笔记本，不过是绿色的。”

我知道。

因为美羽也喜欢这个系列，她还买过天蓝色的笔记本和活页夹。

往事像一阵黑色的波涛，不断拍击着我的心。

喉咙似乎被塞住似的难以呼吸，因此我拼命地想要把美羽的容貌赶出我的脑海。

我强逼自己不动声色，努力挤出一句响应。

“我在想，如果竹田同学觉得开心就好了。竹田同学也变了呢，感觉比以前还要活泼多了。”

可是，就像是面具滑落一般，笑容从竹田同学的脸上敛去。

“我不觉得开心。”

竹田同学简直就像变了个人似的，用沉静的眼神看着我，周围的空气也仿佛急速降温。

“我一点都不开心，只是假装开心而已。因为我不想破坏气氛。”

平淡的口吻。

现在站在我面前的人，并不是那位像小狗一般的天真活泼的竹田同学，而是另一位因为不懂人心而深感孤独的竹田同学。

我想到这里顿时哑口无言，但是竹田同学又恢复天真的表情，可爱地笑着说：

“掩饰内心的演技没什么了不起的，大家都办得到。而且跟心叶学长和远子学姐在一起感觉也不坏啊。”

无法喘息的感觉依然延续着，我勉强地笑着说：

“是吗，那就太好了。”

这不是虚假的笑容，但也不是真正开心的笑容。

这是对我和竹田同学来说“必要的”笑容。为了不破坏两人之间的气氛，也为了保持表面的和平。

“我们一起走吧，心叶学长！”

“嗯。”

我提起书包，关上电灯，离开了黑暗的小会馆。我们用同样的速度走着，竹田同学仿佛很高兴地开始聊起班上的事和朋友们的事。

我也假装不知道竹田同学的秘密一样，面带微笑地响应她的话。

只是心情仍像铅块一般冰冷沉重。

不过，或许大家都是这样。

不只是竹田同学，就连芥川、琴吹同学、远子学姐也是……或许大家都只是假装开心而已，其实心中并不是那么想的。在社会上和学校里，为了保持一种危险的平衡，或许所有人都非得隐藏真心不可。

“差劲”这句话还留在我的耳中，令我胸口隐隐作痛。

我不管对谁都是笑嘻嘻的，不太过接近，也不太过疏远，保持着适当的距离——我一直都是这么做的。因为，我受不了再度失去任何重要的东西，我也讨厌伤害别人或是被伤害。

我现在的生活过得非常平稳，我实在不想失去这种既温馨又悲伤、既无趣又和平的生活。

所以，我和竹田同学都一定会继续说谎下去吧。

建筑物外，就像世界末日似的变成一片昏黄。

我们正要走过校舍。

竹田同学突然拉拉我的袖子。

“那个不是芥川学长吗？”

校舍后方的墙边，伫立着三个细长的黑影。

人影沐浴在昏黄的夕照中摇曳着，其中一人举起了手，剩下的两人颤抖着靠在一起。

那是芥川和更科同学——还有一位我不认识的男学生，三个人像是在谈论什么重要的事情。

更科同学哭丧着脸不停发抖，芥川仿佛要保护她一般，挡在她的前方，另一位体格壮硕的男学生以锐利的眼神盯着他们，似乎还用激烈的口气在责骂他们。芥川很痛苦地皱紧眉头看着对方，紧抿的嘴唇偶尔有小小的动作。

“怎么回事啊？气氛看起来很糟呢。”

竹田同学吐出细微的语声之时，男学生突然握拳，往芥川的腹部揍下去。

芥川整个上身弯曲，脚也颤抖起来。

更科同学双手掩口发出细细的惊呼。

我和竹田同学也都吓到了。

那个男学生不断对芥川拳打脚踢，而芥川只是忍耐着站稳脚步。更科同学想要冲过去制止，却被芥川伸手挡住，然后他又继续挨打，忍耐着站直。

怎么办呢？该不该去叫老师来呢？可是，我的脚却无法移动半分。我无法把目光从芥川的身上移开。

更科同学攀在芥川的背后。芥川轻轻推开更科同学，在草地上缓缓跪坐，然后低下了头。

在昏黄的夕阳下，额头贴地跪在地上的芥川，看起来简直就像耶稣基督。

傍晚残照中，身穿黑色制服的少年。承受着痛苦的殉道者……

我的掌心渗出汗水，口中变得好干。

意识到看见了不该看的事情，让我的脑袋微微刺痛。

男学生的面孔悔恨似的扭曲着。他用力踹了芥川的肩膀一脚，叫喊了几句话，就离开了。

更科同学崩溃似的跪下，贴在芥川的背后嘤嘤啜泣。

太阳已经下山，冷冷的薄暗夜色遮蔽了两人，而芥川仍然动也不动地跪在原处。

我们只是屏住呼吸，震撼地看着这副戏剧般的光景。

第三章

想要切割的东西

我收到你的信了。

才开始读起信，我就感到胸口疼痛欲裂，脑中一阵昏眩。

你完全不理解我要跟你保持距离的用意。整封信之中，充满了对我胆小行径的唾骂、你独断地命令我去做什么事的话语、对过去的诅咒，还有威胁我的语句。

希望你能明白，会随便写出要割腕、跳楼、服毒这些事，只是降低自己价值的愚蠢行为。

你应该是个更高傲的人吧？

我都明白，在你看似坚强的外表下，隐藏着玻璃般易碎的心。我也明白，正是这种脆弱伤害着你、逼迫着你，也知道你受到过往的束缚，因此想要复仇。你所有的痛苦、绝望、奋斗、泪水，我都一直看在眼里。

我打从心底希望你能幸福。正因如此，我更希望你能明白，满怀恶意而不诚实的行为，只会更甚地撕裂你的心。如果你能得到幸福，对我来说也是一种赎罪，所以如果你的心愿是正确的，我也会高高兴兴地为你尽上一份心力。

但是，我并不是你的奴隶。

我不会因你的威胁而恐惧或是受到驱动。

你污蔑了我。而我并不为此感到愤怒、难过或是悲叹。

如果要说出我心中如今最期望的事，你一定会害怕得止不住颤抖吧。就连我自己都不敢在此写下这个期望。

我的忍耐已经快要达到极限了。我快要忍不下去，快要控制不住自己了。虽然一切都是我自己造成的，但是预料不到的后果越来越多，让我几乎每晚失眠。

从那个事件以来，我一直觉得自己非当个诚实的人不可。但是，我现在却开始怀疑，自己到底要对谁诚实。

对父亲?

对母亲?

对朋友?

对过去?

对未来?

还是对你?

隔天早上，我在教室里看到的芥川好像非常疲惫。我试着叫

他一声，他就抬起脸来，微笑着说“早安，井上”。

他的表情太过平静，我觉得胸口像被揪紧一样郁闷，也生硬地回了他一句“早安，芥川”。

昨天竹田同学冷淡地说了：“心叶学长最好还是当做没看见吧。也请当我不知道这件事。”

或许这才是正确答案。既然不是朋友，就没必要那么在意别人的事情，我还是像平常一样对待他就好。

但是，每次我看到芥川的脸，都会想起昨天的事，所以就连闲聊也无法静下心来聊。

另一边，琴吹同学好像还在生气的样子，她一看到我就生气地别开脸，跑到小森的身边。这种情形让我更觉苦闷。

这天的第五堂课是班会课，刚好用来准备文化祭要推出的泡沫红茶店。大家一起忙着装饰招牌、制作展示用的动画图片和放漫画用的书架。

我负责制作书架，因此要用美工刀切割纸箱。

芥川则是负责帮展示图片的底板上色。

几位女生跑到芥川身边，好像在拜托他做什么。芥川点点头，放下了手中的木板走到招牌旁边，把钉在招牌背后脚架上的钉子拔掉，然后重新漂亮地钉好。

“谢谢你，芥川同学。”

女生们高兴地向他道谢。芥川一脸温和地回答几句，又回到木板那边去了。女生们还继续看着芥川，开心地骚动不已。

“啊啊！芥川还是一样受欢迎呢。”

在后面工作的男同学也发表了几句类似的评论。

“可是，芥川好像没有女朋友耶。”

“一年级的时候，不是传说过他跟班上的女生交往吗？你知道吗，就是更科那个美女啊。”

一听到更科同学的名字，我的手就滑了一下。此时我正拿着美工刀往下割，结果拉得太用力，一不小心就划上按着纸箱的左手手背。

“好痛！”

“哇！井上！你在搞什么啊！”

“喂，你的手流了好多血耶！”

同学们惊吓地围了过来。女生们看到我手背流出来的血染红了纸箱，都害怕地发出尖叫。

有个人说着“没事的”，走过来用灰色手帕按住我的手背，然后拉起我的臂膀让我站起来。

为我用手帕压住伤口的人，就是芥川。

“我们去一下保健室。”

他跟班长报备了一声，又低声问我：“没问题吧？”

“呃……嗯。”

我点点头。

“要好好压紧。”

芥川抓着我的右手盖在左手上，然后抱着我的肩膀一起走出教室。

离开教室时，我看见了琴吹同学脸色发青愣愣站着的身影。

老师好像出去了，保健室里没有半个人。

芥川让我躺在床上，他自己坐在椅子上，用沾了消毒水的脱脂棉小心地帮我擦拭伤口。

“不好意思……我都已经是高中生了，竟然还会割伤自己，真是丢脸。”

“你是不是有心事？”

芥川帮我的伤口消毒，盖上纱布，再拿医疗用胶布固定，然后低声问道。

我说不出是因为在思考他的事，所以只是沉默不语，没想到低着头的芥川竟然继续问：

“你是不是有话想跟我说？”

我感到心脏好像被人一把捏住。

他温暖的大手紧紧抓住我的左手。

“……你从早上就是一副欲言又止的模样。”

我的态度有这么明显吗？想到自己的演技如此差劲，我不禁连耳根都羞红了。

我紧张地喘息，闻到了保健室里充满药味的空气。好一阵子，我才吞吞吐吐地小声说：

“昨天我无意看见，你在校舍后面被一个我不认识的人揍了。更科同学也在一起。”

芥川正在贴胶布的手指停住了。他沉重地叹了一口气。

“原来如此……井上当时也在啊？”

“抱歉。我本来想当做没看到的……而且，其实更科同学的事我早就知道了。她……是芥川的女朋友吧？”

低着头的芥川，表情变得更灰暗，他眼中的阴翳，还有眉头深深的皱痕都让我感到心惊。

"……更科不是我的女朋友。"

"你以前也这样说过……那么，更科同学为什么要跟我说，她跟你现在正在交往呢？昨天打你的人又是谁？为什么你明明挨打了，还要跟对方下跪呢？"

我一开口就停不住了。芥川像是喉咙被堵住一样艰难地回答："全部……都是我不好，因为我做了本来就该挨揍的事。对更科……还有对五十岚学长都是……我是个卑鄙的人，所以被两个人憎恨也是无可奈何。"

芥川自责的模样，让我难过地不忍卒睹。

我一边迷惑着是该把事情问清楚，还是该装做事不关己比较好，一边笨拙地安慰他说：

"真正卑鄙的人，是不会说自己卑鄙的吧……芥川会不会是自我要求太高了呢？你是个既认真又诚实，也很体贴的好人，不过老是这样也太辛苦了。偶尔放松一点会不会比较好呢？"

芥川抬起头来的瞬间，我被吓呆了。

那对闪烁着深邃光芒的眼睛正在怒视着我。他向来沉静的表情，如今竟变得怒不可遏。

"我没有井上想象的那么了不起！"

他的怒吼响彻整间保健室。他像是要捏碎我的骨头一样，紧紧握住我刚包扎好的左手，贯穿脑髓的痛感让我差点忍不住大叫。

芥川继续叫喊：

"什么认真又诚实又体贴的好人！才不是！我才不是那种人！井上什么都不明白！"

他以毫不留情的力道紧紧握着我的手，还一边把脸贴近。透露出怒意的眼神、嘴里吐出的痛苦喘息、苍白而不住颤抖的嘴唇，都让我感到一股狂乱的杀气，我害怕得浑身起鸡皮疙瘩，想要退后逃开。

“我在很久以前就把别人的人生搞得一塌糊涂了，就像大宫那样，在表面伪装得很诚实，其实却是最卑鄙最下流的人，甚至背叛了信任自己的人们！”

好恐怖，手也好痛。我被他的激情震住了，全身动弹不得。他所说出的每一句话都像是漆黑的浊流，渐渐流入我的心中。

“我不能有丝毫的纵情享乐，非得严格地自我戒律不可，但是我却抑制不了自己的冲动。现在我在想些什么，你知道吗？井上——你知道我现在的心情是怎样吗？知道我真正的愿望是什么吗！知道我在想的事情有多卑鄙吗！你不知道吧？我是多么污秽的人类——井上，你……你根本一点都不懂吧！”

他把牙齿咬得直响，杀气腾腾地瞪着我。

这个人到底是谁？

他不是我认识的那个芥川……

芥川终于放开我的手，转变成一种悲伤痛苦的表情。

“……我一定伤害了你吧。希望你能忘了这件事，也不要再管我了。”

他沙哑地说完，就站起身来。

“对不起。”

难过地道歉后，芥川就离开了保健室。

被独自留下的我，感到脚底蹿上一阵寒意，全身喀嗒喀嗒地颤抖，我忍不住以双手抱紧自己的身体。

只有刚才被他抓紧的左手伤口火辣辣地发热。纱布被染红的色块渐渐扩张。

——井上什么都不明白！你根本一点都不懂！

他这几句话贯穿了我的胸口，我呼吸困难、皮肤痛得像火在烧，同时脑中封闭的记忆也鲜明地重现了。

心叶、心叶，这个愉快呼唤我的声音。用戏谑的表情仰望我的甜蜜眼神。摇晃不已的马尾。

——心叶，你一定不懂吧。

在屋顶栏杆旁边回过头来，寂寞地对我微笑，喃喃地说完这句话就后仰倒下的美羽。

那天的情景还历历在目，但美羽的脸却重叠上芥川的脸，让我感到一阵茫然。

刺骨的寒意依然无法停止，抑制不住的恐惧逐渐麻痹了我的脑袋。

不行……

我受够了。

我不可以再接近芥川了！

◇　◇　◇

一天之中，我的体内会几度涌起野兽般的暴躁情绪。

我一想到自己迟早会放纵情感而伤害某人，眼前就变得一片黑暗，全身都会冒出冷汗。

要怎么做才能压抑这种焦躁的情绪呢?

请不要再逼我了，我不知道现在的自己会做出什么事。

在图书馆割书时的触感，反复不断地浮现在我的脑海。

离柜台远远的，也听不见人声，处在只听得见自己的喘息和翻书声音的寂静中。我感觉好像独自待在世界的角落一样，既孤独又恐怖。也为自己即将要做的事愧疚得浑身发抖。

那时，我从书包拿出美工刀，对准书本中心，往下划开。把书页整个从书上切离时，我感觉自己的心不可思议的解脱了，整个人都变得轻松了。

我现在又好想重温那种脑袋麻痹、飘飘然的感觉。

想要切开。

书本……不，是更柔软、更温暖、更纯净的东西……

这么一来积聚在我胸口的焦虑痛苦，一定可以获得解放吧。

或许也可以不再听见每晚责备我的那个声音。

请你一定要谅解，这样的我真的没办法去见你。现在的我正站在一个摇摇欲坠的危险场所。

◇　◇　◇

我在第六堂课开始之前回到教室。跟担心我的同学们敷衍地对话几句之后，就回到座位。

芥川正在自己的位置上翻着笔记。我悄悄看他一眼，心里猛然一惊，很快又转开视线，把自己的课本拿出来放在桌上。只是跟他共处一室，我就紧张得快要不能呼吸了。

扫除时间，我拿着拖把走到走廊，琴吹同学也跟了过来，鼓着脸颊对我伸出手来。

“借用一下。”

“呃……”

“那样的手又没办法用力，拖了也是白拖。”

她从疑惑的我手中抢走拖把，开始拖起地。

“竟然会割到自己的手，井上真是有够拙的，笨死了。”

“……呃……那个，谢谢你。”

“我又不是想帮你，只是想要快点打扫完而已。”

琴吹同学噘嘴说完，就转身背对着我。

“井上……你跟芥川吵架了吗？”

“为什么这么问？”

“因为芥川自己先回来了，你们后来也没有再说过话。”

“……你多心了吧。”

我以软弱的声音回答之后，琴吹同学猛然转头，生气地瞪着我。

“算了，反正跟我又没有关系。”

对了，芥川现在好像不在教室。他去哪里了呢？不，还是不要深究比较好。我不该再跟芥川牵扯太深。

“井上，你今天会去排演话剧吧？”

“呃，嗯。”

我犹豫地回答着。芥川在保健室里叫我忘记这件事，但是我真的能保持跟以前一样的态度吗？我现在只要一看到他的脸，就会怕得全身颤抖。

琴吹同学拖完地之后，我们走进教室。

她瞥见自己挂在桌旁的书包，突然睁大眼睛。

“奇怪？”

她专注盯着书包的背带部分。

“怎么了？”

“兔子不见了。”

“啊？”

“那是我跟远子学姐一起去文具店买的。怎么办，到处都找不到。”

她垂下视线，好像就快哭出来了。

“要不要我帮忙找？”

“不用了，你先去排演吧。”

“可是……”

“你快去啦。”

琴吹同学坚持地说着，我只好自己先走了。

我怀着凝重的心情，往会馆慢慢走去。途中，我的视线不自觉地飘往校舍后方，结果竟然发现芥川的背影，我顿时有种晴天霹雳的感觉。

“!”

芥川挺拔地背对着我站着。

他的右手好像拿着什么蓬松的白色物体。

仔细一看，那是一只兔子。

并不是吊饰，而是真正的兔子。

兔子覆盖着柔软毛皮的颈部滴下鲜红的血液，连芥川抓着兔子耳朵的手都被染红了。

我突然很想呕吐，急忙逃离那个场所。

那只兔子是怎么了？芥川到底做了什么？我脑中盘旋着诸如此类的疑问时，全身也涌上一股寒彻心扉的恐惧，恨不得能早一刻离开他。

好可怕!

芥川好可怕!

我没有去小会馆，而是跑出校门直接冲回家。

我进入自己房间，关上房门，坐在书桌前抱着头。

心悸还是停不下来，脑中不断浮现芥川在保健室中目露凶光的模样，跟美羽憎恨地望着我的眼神互相交错，我忍不住大叫“快停止!”。

到底是怎么回事！我们之间本来只是没事会闲聊几句，偶尔互相对对作业答案的和谐关系啊。

为什么要让我看见你的激情？为什么对我发怒？

美羽……美羽也是一样。

就像野岛深爱着杉子，我也为美羽痴迷不已。我一直深信美羽也喜欢我。我们相处得十分愉快，每天都在欢笑中度过。但是，初中三年级的那一天，美羽却在我面前从校舍顶楼坠落，只留下谜一般的这句话。

——心叶，你一定不懂吧。

我的世界，在那个夏天崩毁殆尽。

为什么美羽会做出那种事，我直到今天都还不了解。美羽会跳楼是因为我的缘故吗？我对美羽做过什么吗？

“……！”

胸中突然一紧，仿佛被她白细的手指捏住心脏似的，我痛苦难耐地按住胸口。喉咙好干，视线如游丝般晃动，呼吸也开始变得急促。我脚步蹒跚地往床铺倒下，重复着短促的呼气吸气，拼命抑制发出悲鸣的身体。

回过神之后，我发现自己闭着眼睛，抖动肩膀不停喘息。汗水把我的头发和衬衫都浸湿了，感觉很不舒服。

我至今仍然无法忘怀美羽的事。

我再也受不了了。再也无法忍受跟一个人心灵交会、相信着两人的未来，而这份关系却突然被切断的情况。

美羽那一次已经让我受够了。

我微睁的眼睛，看见了那本《友情》躺在地上。可能是在我从椅子上爬起来时，不小心把它弄掉的吧。

我怀着痛苦的情绪，用被汗水遮蔽的视线凝视着那本书。

用充满绝望的阴暗眼神看着我、责备我的芥川，也一定像大宫那样，守着不可告人的秘密独自受苦吧……

不过，那个秘密到底是什么，我还是不要知道比较好。因为我们并非朋友。我不可以再想为什么芥川在保健室时情绪会那么激昂，更不可以在意那只兔子发生了什么事！

这天我没什么食欲，晚餐剩下了一半以上。

我对担心的妈妈解释说：

“我……好像有点不舒服。没事的，明天一定会恢复的。”

当妹妹撒娇地缠着我说“哥哥，再继续玩游戏嘛”，我只是摸摸她的头，向她道歉说“明天再跟你一起玩，对不起哟，舞花”，然后又把自己关进房里。

我关上电灯，躺在床上，用耳机听着柔和的抒情曲，此时妈妈打开房门走进来。

“心叶……你已经睡了吗？天野学姐打电话来了喔。”

我拔下耳机，坐直身体。

“……谢谢，我现在就接。”

妈妈走出房间之后，我拿起了电话分机。

“……喂喂。”

我的声音显得软弱无比，自己听了都觉得丢脸。

远子学姐一定是因为我翘掉排演，所以专程打电话来兴师问罪吧。

果不其然，话筒的另一端传来了响亮的声音。

“喂，心叶，怎么可以背着学姐偷偷翘掉社团活动呢！小七濑也很担心你喔！”

“对不起，我离开教室之后突然觉得很不舒服。”

“真的吗？”

远子学姐沉稳询问的声音，就像我刚才在听的抒情曲一样，轻柔而温和地响起。

“就算你说谎也骗不了学姐的。你是因为不想看见芥川吧？”

我吃惊地问道：

“芥川跟远子学姐说了什么吗？”

远子学姐噗哧一笑。

“果然是因为这个啊。今天的排演芥川也迟到了，他一听见心叶还没来，就表现出很难过的模样，说了一句‘是这样啊’。看来他好像知道心叶没有来练习的原因吧。所以，我就试着‘想象’你们之间发生了什么事。”

“竟然设计拐我说出来，远子学姐太过分了。”

“你可别小看我这个‘文学少女’啰。”

听到远子学姐得意洋洋的声音，我好像整个人都虚脱了。啊啊，为什么我老是败在这个人的手上呢？真不甘心，太没道理了。

“呵呵，你就觉悟吧，全……部对学姐从实招来吧。”

在她开朗的催促之下，我只好把我跟芥川之间的事一五一十说出来。

远子学姐一边听我叙述，一边也不时轻声应对。等我全部说完之后，她就以神秘的语气说：

“那个啊，我今天在图书馆听见又有书被人割破了。包括了珍·尤兰(Jane Yolen)的作品集、北原白秋诗集、还有椋鸠十的童话集和小松左京的短篇集……而且，更早的时候我还听生物社的人说过，他们养的兔子少了一只。”

我握着话筒的手霎时变冷。

图书馆的书又被切了？而且，还有兔子失踪……

“可是，我认为破坏书本的人并不是芥川。这次和上次都不是。”

远子学姐突然语气果断地这么说着，我不禁为之哑然。

“怎样啊？要不要跟我一起找出‘事实的真相’呢，心叶？”

母亲，为什么我会如此愚蠢地重蹈覆辙呢？

我觉得自己最近写的信件内容都很不正常，但是如果停止写信，就好像无法继续抑制我体内那种狂暴的冲动。

今天我对井上怒吼了。我明知他没有恶意，也知道他是在担心我，但是，他脆弱而容易受伤的个性却让我莫名地焦躁起来，所以我还是忍不住伤害了他。

井上放学之后没有来排演话剧。我本来一直在烦恼要用怎样的面貌对待他才好，所以老实说，我反而觉得松了口气。

另外，那个女孩的精神状况好像越来越糟了，我已经快要无法掌握了。我把被割断咽喉而死掉的兔子埋在校园的樱花树下。就算洗了再洗，我还是觉得手上的血腥残留不去，自己都很想吐。

母亲，我最近写的信一定让你担心了吧？一定让你觉得不知所措吧？可是，这些事情我只能告诉母亲一个人。

母亲因为生下我的时候太过操劳，才会把身体搞坏。

所以，我一定要成为一个不会增加母亲负担的独立孩子。为了不让你担心，为了不让亲戚看不起生下了我的你，也为了不让你因为生了我而感到悲伤。

但是，六年前的那天，我做出不诚实的行为以致毁了别人的人生，那件事的惩罚就是让我失去了你。

然而，我如今又要做出不诚实的行为了。

母亲，母亲，你的儿子到底要愚蠢到什么地步才会甘心呢？

隔天的午休时间，我拿着妈妈做的便当走到文艺社活动室，发现远子学姐已经先到了，她把脚踏在铁管椅上坐着吃“饭”。

她把萨冈《你喜欢勃拉姆斯吗?》(注 3)的文库本放在膝上，翻着书页，不时撕下一小块，发出小小的声音咀嚼吞下，然后露出幸福的笑容。

“萨冈的作品拥有明快的都市风味，就像法国料理的鸭肉派开胃菜一样美妙、清凉又优雅的味道呢。

“一位女性被夹在热情爱慕自己的年轻美男子和喜欢拈花惹草的年长恋人之间，那种心情游移不定的微妙心理描写，真是太了不起了！

“一边品味法国派纤细的口感，一边享受鸭肉的丰富味道，然后再加上旁边配的琥珀色汤冻，在口中融成深奥的美味，就像味道直接渗透到心胸啊！萨冈虽然在十八岁时，以一本描写十七岁少女心情的《你好，忧愁》(Bonjour Tristesse)出道，但是她写下这个三十九岁中年女性的故事时，也只有二十四岁呢。”

我就这样听着远子学姐的议论，一边低头默默吃着妈妈帮我准备的便当。

“昨晚那句话是什么意思啊？”

我小声地问了之后，她就开朗地回答：

“你是说‘要不要跟我一起找出事实的真相’吗？”

“不是啦。”

我抬起头出言否定。

因为看见远子学姐温柔的微笑，我不由得面红耳赤再度低头，尴尬地小声说：“我说的是‘破坏书本的人并不是芥川’那一句。远子学姐不是跟我一样，都亲眼看到芥川用美工刀割书吗？”

我今天在教室里也没办法跟芥川好好说话。当他问我“手的情况还好吧？”的时候，我光是要平静回答就得费尽全身精力了，而他看来也同样很勉强。我明明都决定了再也不要多管他的事，为什么又接受远子学姐的邀约到这儿来呢？

远子学姐把吃到一半的书本阖起。

“我们确实都看到芥川割破有岛武郎的作品集，但是心叶，你看这个。”

远子学姐拿起那本书翻给我看。

她大大敞开书页被切掉的地方，然后继续翻页，又出现了被割破的地方。就这样重复两次、三次……

“看到了吧？被切掉的地方不止一处。当时芥川切下来的只有一页吧？可是，你看这个地方。”

远子学姐指着缺页处的下一页，我仔细一看，发现距离书本中心五厘米之处还有一条凹痕。

“每一个切掉的地方，都是沿着书本中心割断的，这些切痕也都会印在下一页。但是，连这个位置也留下一条痕迹，你不觉得很奇怪吗？”

远子学姐指着两条平行的凹痕，以神秘的口吻说道：

“我在想，这可能不是美工刀，而是用其他工具切的吧？而这本书也一定在芥川下手之前就已经被切过了。但是，芥川被带到我们社团活动室时，却什么都没有说。从他的口气听来，仿佛是第一次做出这种事一样。所以，我觉得真正的切书凶手应该另有其人。其他被切的书很可能也不是芥川，而是那个人做的吧。”

“也说不定全部都是芥川做的。因为又没有证据。”

“是啊。可是，芥川不是会毫无理由做出这种事情的人吧？”

“那只是远子学姐自己的‘想象’吧。真正的芥川，或许跟我们平时看到的模样完全不同呢。”

我一想起他在保健室里那种憎恨扭曲的面孔，身体就冷得直打颤。

“而且，芥川在我们眼前割破书本，这是毋庸置疑的事实。芥川如果不是真正的犯人，那他为什么要特地做这种事呢？相较之下，他说切割书本是因压力太大，这个理由我还更能接受。”

远子学姐低声地说：

“说不定他想要包庇谁吧。”

然后，她有点悲伤地望着我。

“我从参加弓箭社的同学那里听到一些芥川的事。芥川在一年级的时候，好像被二年级的学长排挤了。他被迫一个人打扫，还被安排除了劳累之外没有任何意义的练习项目，譬如打赤脚跑操场几十圈之类……听说他当时真的很可怜……”

“哪个学长啊？”

“就是心叶在校舍后面看到的，叫做五十岚的三年级学生。”

我回忆起那位比芥川更魁梧、全身都是肌肉的男学生。芥川在校舍后面忍受他的殴打，还对他下跪。

“五十岚一开始好像对芥川很好，经常会找芥川说话，也很照顾他。芥川似乎也很尊敬五十岚。”

“那么五十岚学长后来为什么会排挤芥川呢？”

我的脑中一时闪过了更科同学的脸。在校舍后方，更科同学曾经趴在芥川的背后哭泣，所以她跟这件事情一定脱不了关系。

远子学姐的回答确实不出我所料。

“弓箭社的人告诉我，五十岚的女朋友好像被芥川抢走了。就是二年级的更科同学——去年跟芥川同班的女生。”

我不由得倒吸一口气。

果然是因为更科同学的缘故。

现在回想起来，芥川似乎很讨厌背叛朋友跟杉子交往的大宫。当我称赞他很适合扮演大宫的时候，他曾经流露苦闷的表情，尤其远子学姐她们在热烈讨论大宫和野岛时，他还严厉地批评了大宫。

当时芥川的心中，一定想着五十岚学长和更科同学的事吧？他一定把大宫跟自己重叠在一起而感到痛苦吧？

“听说把更科同学介绍给五十岚的人就是芥川。去年夏天他们三人感情还很融洽，都会一起出去玩。可是秋天结束后，五十岚对芥川的态度突然迥变。因为五十岚做得太过火了，看不下去的三年级同学问他理由，结果五十岚就回答‘芥川抢走了我的女朋友’……而芥川也没有否认，只说了‘五十岚学长说的没错，全都是我不好’。后来五十岚就退出弓箭社了。”

远子学姐垂下了眉梢。

刚才她说的那番话，不过就是一段三角关系。喜欢上学长心仪的对象或是瞒着朋友跟他的女朋友约会，这种事情不是常有吗？小说和连续剧也充满了这种题材吧。

大正时代也有这种三角关系，甚至在更久以前——从神话时代开始，人类就不断上演着抢夺与被抢夺、热恋然后分手，诸如此类的愚蠢爱情故事。

但是对当事者来说，这种感情却无法轻易割舍。

就像大宫对野岛感到愧疚一样，芥川也在拼命地责备自己吧？芥川在保健室里说过，全都是他自己不好。

——我是个卑鄙的人，所以被两个人憎恨也是无可奈何。

奇怪，那更科同学为什么要憎恨芥川呢？五十岚学长是因为女朋友被抢走，这还说得过去，可是更科同学呢？从更科同学紧攀着芥川的那一幕来看，我不觉得她憎恨芥川啊。

怎么想都不对。难道芥川和更科同学还有更深的纠葛吗……

心生疑惑的同时，我也感到心底涌出一阵不安。不行！我不是已经决定再也不要管他了吗！

我开始呼吸不顺，小声地说：

“……远子学姐，刚才你不是说了芥川可能在庇护谁吗？从刚才的话听来，芥川打算庇护的对象——他觉得愧对的人，应该就是更科同学和五十岚学长这两个人吧。”

“嗯嗯。”

远子学姐点点头。

“那远子学姐认为哪一个才是芥川在庇护的人呢？”

“我觉得啊……”

远子学姐樱花色的嘴唇犹豫地动起来时，她的口袋突然发出哔哔声。

她从口袋里拿出来的不是手机，而是她爱用的银色秒表，似乎也附有普通的报时功能。

“哎呀，再过五分钟就要上课了。”

她一看秒表就吓了一跳。

我们慌张地起身离开活动室。走到走廊上的时候，远子学姐迅速说着：

“我还不知道切书的真正犯人是谁，也不知道那个人为什么要做这种事。”

在我们分手之前，远子学姐在楼梯口停下脚步。

“我想心叶可能会害怕，所以有一件事一直没有说。其实今天早上生物社养的兔子又少了一只，他们都很担心。”

我回想起那只被揪着耳朵滴着鲜血的兔子，不禁愕然屏息。远子学姐用力拉着我的手臂，像是要鼓励我似的，在我耳边说：

“心叶，今天大家要试穿戏服，所以你绝对不可以翘掉排演喔。一定喔！约好了喔！”

湿暖的气息吹进耳里，柔软的嘴唇瞬间碰触我的耳朵又离开了。

“那就放学见啦！如果你敢偷溜，我可要去你家抓人喔！”

远子学姐笑着说完之后，就三步并作两步跑上楼梯了。

我看见了……远子学姐的裙底。里面穿着体育裤……不，不是体育裤。

是白色的。

我脸红得连耳根都发烫了，赶紧也跑回自己的教室。

就在此时。

我突然看见芥川在走廊上。

我本来火烫的脸颊像被泼了冷水似的，瞬间变得冰冷。

第五堂课就快要开始了，这种时候他要去哪儿呢？难道芥川想要逃学？

不，不可以，还是假装没看到吧。绝对不能跟过去，不能再跟他牵扯太深了！

我在内心激烈地天人交战，但是我的脚却背叛了自己的心，不由自主地走向他离去的那个转角。

走过转角，我听见下楼的脚步声。我一边屏息倾听，一边追了上去。这时响起了第五堂课的上课钟声。我心里焦急地想着一定要回教室，但是脚却无法停止，还是不断前进，我紧张得脖子渗出冷汗。

最后到达的地方，是并列着鞋柜的校舍入口。我隐身在铝制的鞋柜后，一边找寻着芥川的踪影。

然后，我终于发现他站在我们班的鞋柜前面。

芥川表情凝重地低头望着手上的信封。那是他刚从鞋柜里拿出来的吗？

那并非我之前看过的长方形白色信封，而是印着一对白色天使羽翼的蓝色信封——跟竹田同学的活页夹是同一个系列，也是美羽爱用的那种。寄来这封信的应该是女生吧？

我感觉芥川的眼中似乎燃烧着怒火，忍不住浑身颤抖。

我上次看见芥川站在邮筒前的时候，他的表情看起来既悲伤又痛苦。

然而，如今芥川的眼神却带有烈火般的愤怒。

芥川把信撕碎了。

哧啦一声，让我的心跳停了半下。

他把撕成两半的信叠在一起，再从中间撕开，然后往鞋柜旁的垃圾桶走去，就要把信丢进去。

可是，此时他停下了动作。

“唔……”

芥川沉吟片刻，颇为迷惘地眯起眼睛。他咬紧牙关，粗鲁地把撕碎的信揉成一团塞进裤子口袋。

我只看到这里为止。因为我无法继续压抑胸中的鼓动，所以逃回教室去了。

回到教室时，老师还没进来。

过了十分钟左右，芥川才在上课途中打开后门走进来。

“对不起，我在图书馆找数据找太久，所以迟到了。”

他向老师道歉之后回到座位。我的目光飘往他的裤子口袋，但是从外表看不出什么特别的地方。

那封信会是谁寄来的呢……

这样的疑问，以及不愿继续深究的想法，在我的心中兴起了激烈交战。

——你喜欢我对吧？

你直截了当地在信里写下这句话。

自从那个事件以来，我一向避免跟异性太亲近，也下定决心不再谈感情的事。

但是，当我那个冬天看见你的时候——你像是看着世上最污秽、最卑贱的东西一样对我露出轻蔑愤恨的眼神，并且痛骂我的时候，让我有种痛彻心扉的感受。

你怒骂着我的模样非常美丽。你脸颊上的红晕、既闪亮又锐利的眼神，让我一看就再也转不开视线。

我比谁都清楚，你完全不想接受我的感情。你惟一想要的，只有满足你内心阴暗残酷的渴望。

我并不是有资格获得你芳心的好男人。

可是我仍旧忍不住想接近你，想见到你，想被你那冷冷的眼神凝视，也想听你怒骂我的声音。

或许，我根本期待受到你的责备。

身边的人经常称赞我诚实可靠，但是，事实并非如此——或许我根本想让大家知道，其实我是个理当受到唾骂的卑劣之人。

你常常会问我学校的事。

每天在学校都是怎么度过的？有朋友吗？有女朋友吗？

你会隐藏着话中的敌意这样询问我，表情僵硬地听我回答，而最后一定会脸色不悦地说：

“你走吧。”

对照过去发生的事，我越来越忍不住要说出丑陋的话语，我总有一天会被迫做出决断。

我很清楚事情演变至此的理由何在。我也都知道，你处在无可挽救的黑暗迷宫之中，沉溺在过去的记忆里，一边承受着痛苦煎熬，一边持续着奋战。

我想要实现你的心愿。

因为那也是对我自己的救赎。

可是，如果我拯救了你，我就会成为卑劣的背叛者。

你的心愿是污秽的！是不正确的！是会伤害别人的！

所以你依然希望我这么做吗？你还是想命令我做出这种不诚实的行为吗？

请你不要再寄信给我，也不要再写下试探我心意的事了。

你的轻忽和傲慢，让我愤怒得几乎颤抖。

我确实受到你的吸引，这点我承认。但是，我绝不能因此变成

更愚蠢的人。

“哇，小七濑和千爱都好可爱喔！”

远子学姐看着换上振袖和裤裙(注 4)的琴吹同学与竹田同学，兴奋地又叫又跳。

绑了两束马尾，并且系上红色蝴蝶结的琴吹同学显得扭扭捏捏，好像觉得很害臊。

放学后，我正在犹豫要不要直接回家时，琴吹同学双手环抱，横眉竖目地站在我面前说：“今天要试戏服，所以绝对不能偷跑。”

“芥川也一样，不要再拖拖拉拉的了！快去排演吧！”

我跟芥川就这样被她赶鸭子上架似的带去了小会馆。

穿上杉子服装的琴吹同学简直像是变了个人，她面红耳赤地低着头。衣服是跟茶道社的三年级学生借来的。我正在感叹女生换了衣服竟然会有这么大的转变时，琴吹同学就噘起嘴巴瞪着我看。

“怎、怎样啊……干吗一直盯着我，你想批评我什么吗？”

“没有啦，我只是觉得你很适合这种打扮。”

我老实地说出来之后，她的脸又变得更红。

“少来了！井上就只会信口胡诌。反正只是客套话吧。笨蛋笨蛋笨蛋！”

“呃，我是说真的啊。”

“咦!”

琴吹同学哑然无语。我微笑着说:

“琴吹同学和竹田同学都很适合这种服装呢。”

“哇! 谢谢你的赞美,心叶学长。”

头上绑着深蓝大蝴蝶结的竹田同学甩起长长的袖子,嘿嘿地笑了。

相反地,琴吹同学却不高兴地咕哝着“井上最差劲了!”,然后把脸撇开。

呃? 为、为什么生气啊?

我觉得满头雾水,而远子学姐则是开心地跳上跳下。

“呀……我本来还很烦恼,要穿千金小姐风格的长袖和服好呢,还是穿仿西式的裤裙好,看来我是选对了! 大正浪漫果然还是得绑蝴蝶结、穿裤裙呢!”

远子学姐自己穿着立领的白色衬衫,外面披上和服男外套,我跟芥川也换上了相同的服饰。

“嘿嘿,远子学姐的男装扮相也很棒喔!”

“呀,真的吗? 千爱!”

“是啊。我都快要迷上学姐了呢!”

“太棒了! 说不定会收到很多女生寄来的情书呢!”

远子学姐似乎开始想象她设置在中庭的恋爱咨询信箱塞满了甜美的手写情书的景象,眼神都迷蒙起来了。她包覆在衬衫和和服外套之下的胸部非常平坦,跟我预料的一样适合男装,不过她还挂着两条不断摇来晃去的长辫子,所以怎么看都不像古代的日本男子。当我正在这么想之时,她就戴上一顶深褐色的软呢鸭舌帽,把两条辫子缠起来塞进帽里。

“怎样，这么一来就更像个美少年了吧?”

“是啊是啊……让人真想称呼一声远子先生呢!”

“叫吧叫吧!”

“远子先生!”

“千爱!”

她们两人作态抱在一块儿，还开心地叫着。

“竹田也太激动了吧。”

琴吹同学苦着一张脸，结果竹田同学也扑过去抱她。

“真是的，人家也爱七濑学姐啦！姐姐!”

“呀！别这样！快放开我啦!”

被一把抱住的琴吹同学吓得大叫。

在这片欢乐的气氛中，我悄悄地往芥川看了一眼。

芥川满脸忧郁的神情，好像正在思考什么。他高大的身材跟暗色系的和服外套很搭配，那种硬派的魅力又带有一种禁欲味道的吸引力。女性观众们一定会被他迷得神魂颠倒吧。但是，他低垂的目光里却笼罩着一片阴影。

我的胸口好疼。一直看着芥川的话，仿佛就连他心中的痛苦都会传递给我，我连忙移开视线。

“那我们就开始排演吧。”

在远子学姐的喝令之下，大家身着戏服开始排演。

这一幕是杉子和大宫的乒乓球对决，杉子陆续打败了哥哥的朋友们，因而受到众人的赞赏。

“接下来该野岛上场了吧?”

野岛被情敌早川怂恿，只是闭口不答，因为他的乒乓球实在打得不好。当周围人们开始鼓噪，非得叫野岛跟杉子分出胜负不可之时，大宫走了出来。

“我来代替野岛上场吧！”

芥川穿着和服的胸口突然发出振动。

他的表情变得僵硬无比。我也惊吓得屏息看着他。

“对不起。”

芥川小声道歉，然后从胸前掏出手机看着屏幕。

下一秒，他就惊愕地睁大眼睛。

“我要离开一下，很快就会回来，真的很抱歉。”

他迅速说完，就咬住嘴唇走下舞台。

“啊！芥川！”

他不顾远子学姐在后面呼唤，继续从观众席中穿梭而过，走出了会馆。

被抛下的我们不安地面面相觑。

“芥川以前也曾经看了手机就跑掉吧？”

“他到底有什么事呢？”

竹田同学偷偷向我抛来一个眼神。我想起了芥川在校舍后面对人下跪的事情。当时芥川毫不抵抗地让五十岚学长痛打。

如果，传来简讯的是五十岚学长……

不，这跟我没有关系，怎样都无所谓。不可以再想了。

我的眼前有个东西突然飘然掠过。

当我发现那是远子学姐的和服袖子时，她已经从舞台上冲下来了。她的鸭舌帽掉落，飞出两条辫子。

“心叶！我们走吧！”

“去哪儿啊？”

我愕然地问着，远子学姐拉起和服下摆，在大腿部位绑了一个结，一边回答：

“去追芥川啊！”

她以这副露腿的打扮，从观众席间的走道跑出去。

我也急忙跳下舞台，追在远子学姐后面。琴吹同学和竹田同学看到我们的行动，也直接穿着振袖和裤裙跟上来。

经过小会馆外的走廊、经过大厅、狂奔到建筑物外的远子学姐，已经不像男装丽人，也不像温柔婉约的文学少女了，现在的她简直就像古装片里带着杆秤的鱼贩，或是冲到火灾现场的女消防员。

我明明都决定不再跟芥川牵扯更深了，为什么还要特地跳进这个大坑呢？我该不该就此停止呢？我一边跑，一边这样想着。

但是，只要看到甩着两条辫子的远子学姐还继续跑，我就没办法停下来。如果我不盯着远子学姐，谁知道她会做出什么事啊！

擦身而过的学生们都诧异地望着我们一行人。

“等一下！请等一下啦！远子学姐！”

远子学姐仿佛没听见我的声音，还是继续迈足狂奔。虽然我不是很在乎，不过远子学姐真的知道芥川去哪儿了吗？她只是随便挑个方向跑吧？

但是，远子学姐好像看穿一切似的，跑到校舍附近就直接绕到后面。她想要找的就是这个地方吗？

此时，远方传来撕裂空气一般的惨叫声。

“呀啊啊啊啊啊啊啊啊啊！”

是女生的声音！难道是更科同学？

绕过建筑物转角之后，远子学姐终于停下脚步，仿佛脚底生根一般呆立不动。

当我看到这副噩梦般的光景出现在眼前，也感到心脏仿佛被刺了一刀。

我也听到身后传来琴吹同学惊悚的吸气声。

芥川手拿雕刻刀站在那边。V字形的刀刃滴着鲜血，他面前有位身材壮硕的男学生倒在地上。芥川以恍惚的目光低头看着地上的血泊逐渐蔓延。

在芥川的身边，制服前面溅上鲜血的更科同学跪在草地，抱头哭叫着：

“呀啊啊啊啊！为什么！为什么会这样！一定是那个女人吧！都是那个女人害的！是那个女人刺杀学长的啊啊啊啊啊啊！”

我的手臂突然被人一把抓住。

是琴吹同学。

看到琴吹同学睁大眼睛不住发抖，脚步踉跄得像是随时会跌倒似的，我赶紧扶住她。

竹田同学只是冷静地望着这副景象。远子学姐还是背对着我伫立不动。

很多人因为听到更科同学的哭喊而聚集过来。后面不时听得见女生的惊呼，不久后老师们也拨开人群跑了过来。

众人看到这副惨状都吓得说不出话，芥川还是站得笔直，用不带一丝感情的口气说：

“是我刺伤了五十岚学长。”

我快要到达极限了。我整晚都睡不着，就算躺在床上盖着棉被，就算身体已经疲累不堪，脑袋还是异常清晰，像是心里有只凶暴的生物到处肆虐。

我今天又收到了你的信。要写出这封信，一定耗费了你不少时间吧？即使如此，你还是心怀怨恨地写了吗？真的这么生气吗？真的不能谅解吗？拜托你，不要再责备我了。我是个脆弱的人，我真的无法再承受更多的责难了。

我试着用美工刀割了房间的榻榻米、床铺、笔记本、课本、兔子。试着把英语课本切成碎片，把纸花从头上洒下，在床铺上切出十字，也切断了兔子的手脚。

但是，那片浓雾还是挥之不去，我胸口的咆哮怒吼还是停不下来，胸前插了雕刻刀的少女也还是继续责备着我。

想要切割、想要切割、想要破坏一切，所有的一切，想要把你把世界把过去把未来把谎言把真实全部切碎、全部切碎、全部切碎……

母亲，我已经陷入疯狂了。

第四章

来自过去的少女

芥川的家位于从学校搭乘巴士三十分钟、然后再步行十分钟才会到达的宁静住宅区，是一栋日式建筑。

事件隔天，我和远子学姐一起去他家拜访。

喉咙和胸口都被雕刻刀刺伤的五十岚学长，在医院接受治疗之后，已经回家疗养了。听说他的伤势虽然不算严重，但是他后来却绝口不提这个事件。

更科同学可能也受到极大的惊吓，隔天并没有上学。导师也告诉芥川，要他暂时待在家里反省。

班上的同学都听说这个事件了，教室里从一大早就开始骚动不已。

竹田同学和远子学姐专程跑来我们的教室探视，再加上前一天曾发抖靠在我身上的琴吹同学，三个人的脸色都十分凝重。

“是吗，芥川今天没有来啊？”

“我还是不相信芥川会刺伤别人。”

“芥川学长……因为更科同学的事情而被五十岚学长叫出去，然后就刺伤了学长，他是这么说的吧？”

“嗯嗯。可是芥川为什么会有雕刻刀呢？”

“就是说嘛，这太奇怪了啦……我明明记得，芥川学长从会馆跑出去的时候什么都没有拿啊。”

“……嗯……芥川现在不知道怎么了呢……”

“那话剧要怎么办呢……”

远子学姐像是要安慰低潮的琴吹同学和竹田同学似的，拍着胸脯说：

“放学之后，我跟心叶一起去芥川家里看看好了。”

听到这句话，我连反驳的话都说不出来。

我跟远子学姐并肩仰望着一旁挂有“芥川”墨书门牌的大门。

“好气派的房子啊。”

“……是啊。”

老实说，我真的很想立刻掉头回家。

就算见到芥川，我也不知道要怎么面对他，更不知道该跟他说些什么。我觉得胃都要痛起来了。

讨厌……我不想再前进一步了。

但是远子学姐却果断地走进大门，踏着半埋在地面的石板走到玄关前按下门铃。

“来了，请问是哪一位？”

一个年轻女性的声音响应着。远子学姐表明要探望芥川的来意，玄关的门就打开了，一位留着茶色半长头发、身穿牛仔裤、二十岁出头的漂亮女性走了出来。

我跟远子学姐向她打招呼，她也自我介绍说“我是一诗的二姐，叫做绫女”，然后笑着对我们说“谢谢你们这么关心一诗”。芥川的家人想必也为了这个事件感到心痛吧。

“请稍等一下，我立刻叫一诗过来。”

她说完之后，就走上楼梯。

“一诗，有你的客人喔。你听见了吗？”

楼上传来纸门开启的声音，接着绫女小姐的尖叫刺入我的耳中。

“你在做什么啊！一诗！”

远子学姐立刻脱掉鞋子冲进去跑上楼梯，我也急忙跟了过去。

绫女小姐脸色苍白地站在打开的纸门前。

这间四坪大的和室，简直变得惨不忍睹。

贴在墙上的几张奖状、床铺、铺纸的木格子窗，到处都有切割的痕迹。掉在榻榻米上的书本、笔记本、课本，封面和内页也都被刀刃割得乱七八糟。

而且，还有一些像是手制的饼干和小蛋糕装在皱巴巴的袋子里，外面系着可爱的红色粉红色缎带，蛋糕的表面浮现出尸斑似的一块块紫色霉菌。

我觉得好想吐，忍不住捂住了嘴。

芥川身穿衬衫和家居便裤坐在房间中央。

他的眼睛像死鱼般毫无生气，半开的嘴唇显得很干燥，他的右手还握着美工刀。刀尖正在滴血。

他卷起袖子的左手手腕有好几道伤口，鲜红的血液从其中汩汩流出。神情恍惚的他的身边还滚落了头和四肢都被切断的粉红色兔子吊饰,他手上滴落的血液逐渐沾湿了兔子。

“一诗,你……你到底在做什么……你的手怎么受伤了……”

绫女小姐声音颤抖地说着。

芥川双眼无神,淡然地回应:

“我只是……试着割割看。人类的皮肤……没想到这么容易就能割开。”

绫女小姐露出了恐惧的表情。

“要、要赶紧包扎才行……”

她战战兢兢伸出的手,却被芥川挥开了。他死气沉沉的脸庞可怕地扭曲,苍白的唇中吐出了沙哑的声音。

“不行!这是我的赎罪。鹿又还没有原谅我!鹿又的伤还没有痊愈!”

绫女小姐肩膀震动了一下,她一动也不动地呆呆站着。远子学姐从她身旁走过,一把抓住芥川握着美工刀的手。

这是转瞬之间发生的事,我就连想阻止都来不及。芥川以困惑的表情仰望着远子学姐。

“天野学姐为什么在这里?”

“因为你让学姐和朋友担心了啊。”

远子学姐趁芥川因惊讶而松懈之时拿走美工刀,然后递给我。

“心叶,这个先让你保管。”

我连忙接过那把美工刀。

“绫女小姐,麻烦你去拿一盆水和几条毛巾过来!还有,心叶,你快去叫出租车!”

为什么我们要相遇呢?

孩提时代,在那小小的教室。

我真正想切开的,是跟过去的我相同的你。

责备着我、命令我做出不诚实行为的你……

从不对我敞开心胸的你……

总是拒绝我的你……

我想用刀子切开这样的你。

想要切开你,直到你苍白的脸上沾染鲜血,皮肤划上无数伤痕,连底下的肌肉也割得七零八落为止。

想要切下你的脚、你的手、你的指头,连皮肤也一并削落。

只有这样我才能感到安宁。

母亲,我可以去看你吗?

芥川在医院接受治疗的期间,我和远子学姐还有绫女小姐一

起坐在大厅的沙发上等待。

“谢谢，有你们在真是帮了我一个大忙。”

绫女小姐心悸犹存地说着。

我只是叫了出租车而已，用毛巾绑住芥川手腕帮他止血，以及把他硬推上出租车的都是远子学姐。

“……一诗到底是怎么了，他到底发生了什么事……”

绫女小姐伤心地说着。

“那个孩子从以前就是个优等生，比我们这些姐姐还要懂事，从来没有反抗过父母，也从来没跟我们这些姐姐吵过架。可是，他为什么要做这种事……”

远子学姐轻声问道：

“芥川同学好像有什么烦恼。绫女小姐你们知道缘故吗？”

绫女小姐皱起那张神似芥川的漂亮脸蛋，仿佛快要哭了。

“……一诗他……从来都不会把心事告诉我们，有事也不会找我们帮忙……”

她的声音十分悲哀。远子学姐也难过地垂下眉毛。

“那个……芥川说的‘鹿又’是谁呢？绫女小姐认识吗？”

绫女小姐听到这句话，肩膀震动了一下，湿润的眼睛出现动摇的神情。

“可以的话，请告诉我好吗？”

在远子学姐的追问之下，绫女小姐才轻声说：

“鹿又是一诗小学五年级时的女同学。但是，她在第二学期就因为某些缘故转学了。”

“某些缘故？”

绫女小姐欲言又止地说着：

“好像是被班上同学欺负得太过分了。她的课本和体育服都被切得破破烂烂……后来，她就在美劳课时用雕刻刀攻击欺负她的同学。”

雕刻刀！

我惊讶地屏息，远子学姐也瞪大眼睛。

绫女小姐低下了头，用力握紧放在膝上的双手。

“没多久，鹿又就转学了……可是他们当时的导师，好像在全班同学的面前对一诗说‘事情会变成这样都是你害的’。一诗当时没有把这件事告诉任何一个家人，我们很久之后才从别人那里听到，都吓坏了。那个人也是因为弟弟跟一诗同班才知道的。”

“说是芥川同学害的，是怎么回事呢？”

“……我不知道。”

绫女小姐摇摇头。

“我只听说是因为一诗对老师说了谎话，所以鹿又才会被欺负……我们知道的时候事情都已经发生半年了，所以也不好再去问一诗。而且，事件发生之后我们的母亲就住院了。母亲从以前身体就不太好，总是在医院进进出出的，但是这次入院，不知何年何月才能出院……”

她越说越小声。

“一诗或许觉得母亲会变成这样都是他害的吧，因为母亲从生了一诗之后身体就变差了……所以那个孩子一向不让母亲担心，自己的事都自己做得好好的，从来不把心里的烦恼说出来……”

我觉得胸口好郁闷。

我认识的芥川既认真又优秀，总是很稳重，又受到大家的信赖。这些表现都是为了他母亲才努力做出来的吗？

“所以……一诗在学校被老师说了那种话，以致母亲长期住院，他的心里一定很痛苦吧。可是，我们光是为了母亲的事和自己的事就已经忙不过来了，实在没有剩余的心力可以顾及一诗。虽然一诗很成熟懂事，但是当时的他也只是个还在读小学五年级的十一岁男孩啊……”

我从绫女小姐低垂脸庞上的表情，充分地体会到她对弟弟的愧疚，因此胸口揪得越来越紧，喉咙也几乎无法呼吸。

不能再继续听了。

不安的情绪在我的心中逐渐扩张。

再听下去的话就无法回头了。

“听到一诗拿雕刻刀刺伤人的时候，我立刻想起了他在小学发生的事。之前听到他的口中说出鹿又这个名字，我更觉得脑袋隐隐作痛……我想……一诗可能一直被那件往事纠缠着吧。”

远子学姐愁眉苦脸地听着绫女小姐的话。

此时，手腕包着绷带的芥川回来了。

“一诗！”

绫女小姐跑到芥川身边。

芥川的表情平静得很不自然。

“让你担心真是抱歉。不是什么重伤，很快就会痊愈了。”

可能是因为紧绷的神经终于放松了，绫女小姐开始啜泣。

“你这个孩子，真的是……明明是一副优等生的模样，却做出这种傻事，说什么抱歉嘛！你真是，真是……”

芥川用一只手轻轻抱着哭泣的绫女小姐。虽然引发骚动而被送来医院的是芥川，但是目前他们的立场倒像是反过来了。芥川抱着绫女小姐的肩膀，对我们低头致歉。

“我也给天野学姐你们添麻烦了。虽然学校还没决定对我的处分，但我现在还在闭门思过，以后有机会再好好地谈话吧。”

他淡淡的语气透露出委婉的拒绝之意。

令人意外地，远子学姐也很干脆地决定收手。

她面带微笑抬头看着芥川。

“我知道了。但是，如果你有什么烦恼的事情，一定要说出来喔。我跟心叶都很想帮你的忙喔。”

我连一句“是啊”都说不出口，只是沉默地垂下视线。

离开医院后，外面天色已经变黑，还刮着刺骨寒风。

我们在站牌旁等待巴士。

持续沉默一两分钟之后，远子学姐开口了：

“我想还是调查一下鹿又的事情吧。为何芥川会对那件事介意到这种地步，他到底为了什么事所苦……我总觉得，他破坏图书馆的书，还有拿雕刻刀刺伤五十岚学长的理由，全都跟那件事有关。”

“我反对，这太多管闲事了。我们没有权利这样探人隐私吧。”

远子学姐垂下眉梢。

“心叶老是这个样子。芥川又不是别人，他是心叶的朋友吧？”

我简直就想冲口大叫。

那只是远子学姐你自己擅自想象的吧！我跟芥川才不是朋

友！我永远都不想交什么朋友！

可是，如果我真的说出这些话，远子学姐一定会用更悲伤的表情看我吧。在我一年级刚加入文艺社时，她就经常用那种表情看我，让我不知该如何应付。

远子学姐看我沉默不语，就转变为坚毅的表情说道：

“等到发生无法挽救的事情之后，就算后悔也来不及了喔。如果心叶不想去的话，那我就一个人去芥川的小学。”

这封信是给你的警告。

请你快点逃走吧。

每当你那带有甜美毒药的手摇撼我的心脏，我都激动得难以自持。我体内那股想要破坏一切的冲动，恐怕无法再抑制多久了。

我想要切开你，渴望得全身颤抖。无论白天还是黑夜，浮现在我眼皮底下的都是你。

我想细细切碎你那充满憎恨的眼睛、凛然地望着我的白皙脸庞，还有那傲慢的纤细咽喉，我想割下你的耳朵、鼻子，挖出你的眼球。我的心在叫喊着，想要在你的胸前刻出无数个十字架，让暖热的血液喷洒在你全身。

快点逃走吧。

我迟早会把你切开的。

◇　◇　◇

周五放学后，结果我还是跟着远子学姐一起造访了芥川的母校。

远子学姐那句“我就一个人去”根本是在威胁我嘛。这么胡作非为的人，叫我怎么能丢着不管呢？

远子学姐在收发室，亲切地笑着说“我是这里的毕业生，请让我进去参观”，接着就换上室内鞋走进去。

学校好像正在举办秋季绘画比赛的展览，墙上挂满学生的画作，得奖作品还另外贴上金色的纸。

“首先去教职员办公室看看吧。说不定还有知道当时事件的老师在呢。”

“就算知道，他们会随便告诉不相关的人吗？”

“只要拿出诚意好好拜托，一定没问题的。”

远子学姐握紧拳头。

她往墙上望了一眼，表情突然缓和下来。

“可是，还真令人怀念耶。我也好想去自己读的小学看看喔。嘿，心叶，你以前是怎样的小学生呢？”

“很普通啊。美劳课的时候就认真地捏黏土、切画图纸，担任饲育委员的时候也会定时喂金鱼。”

我突然想到，我跟美羽也是在小学就认识的。

在小学三年级的夏天，美羽转进我的班级。

——我不喜欢人家叫我朝仓，也不喜欢被叫小美羽。你叫我美羽就好了，我也要直接叫你心叶。

——可是，这样会被大家笑吧？

——你会怕吗？真是个胆小鬼。不想叫的话就随便你。

——不，我答应，我就叫你美羽喔。

我的眼中浮现出幼年的美羽和我牵手跑过走廊的幻影，不禁感到目眩。

我一边隐藏内心动摇，一边反问说：

“远子学姐自己呢？一定是个调皮捣蛋的孩子，常常让老师和父母觉得很头大吧？”

没想到远子学姐却正经八百地回答：

“大概到小学三年级为止，我都是个内向乖巧的小孩。真的喔。只是吃午餐的时间都很忧郁，我一想到去学校就非得吃营养午餐不可，有时还会烦恼到肚子痛呢。”

本来正等着要吐槽的我，默默地闭上了嘴。

对我们来说很平常的味觉，远子学姐都感受不到。

当她兴高采烈地发表书本感想，并且换成我们所熟悉的味道来比喻时，也只是借着她自己的想象。

这种事情，一个国小女生真的能接受吗……

大家都很爱吃的浓汤和布丁，却只有自己尝不出味道。远子学姐发现这件事的时候是作何感想呢？

远子学姐轻柔地微笑。

“但是，一回到家里，妈妈就会等在玄关对我说‘营养午餐有吃完吗？真乖，你很努力，很了不起喔’，然后摸摸我的头，还会写好甜的点心给我吃。妈妈的‘点心’真的很好吃……我跟爸爸最喜欢的就是妈妈写的东西了。”

远子学姐现在寄宿在别人家里。她的父母去哪了呢？而且从刚刚的话听来，远子学姐的父亲难道也跟她一样会吃纸吗？这到底是个怎样的家庭啊！

远子学姐突然眼睛发亮，跑进了二年级的教室。

我还以为她发现什么线索了，结果她是因为看到小书柜上摆着儿童书籍而兴奋不已。

“你看你看，心叶，是班级书柜耶！好怀念啊……这里还有雨果的《悲惨世界》(Les miserables)简约版呢，这个版本的故事只说到冉·阿让(Jean Valjean)和珂塞特(Cosette)幸福地一起生活为止。后来读了完整版，我还很惊讶冉·阿让竟然会发生那种事呢。啊啊，这里也有《小妇人》呢，我最喜欢的就是她们在圣诞节送食物到贫苦人家那一段，还重复看过好多次喔。啊，这是《艾莫的冒险》(Elmer and the Dragon)和《魔奇魔奇树》耶！好怀念！好想吃啊！”

我赶紧喝止她说：

“你忘记自己是来干吗的吗！”

远子学姐抱着那本《魔奇魔奇树》，遮住自己半张脸。

“对不起嘛……”

她难为情地道歉，然后突然睁大眼睛，低头看着书大叫：

“对了，我知道了！心叶！”

“怎么了？”

“至今被切过的书啊！那些不都是课本收录的作品吗？”

远子学姐滔滔不绝地说下去。

“珍·尤兰被收录在课本里的是《月下看猫头鹰》对吧？小学的国语课本里收录了椋鸠十的《大造爷爷和野雁》、小松左京的《外星人的课题》、还有北原白秋的《海雀》，另外，有岛武郎的《一串葡萄》和伊藤左千夫的《野菊之墓》则是暑假的读书心得指定读物。没错，的确是小学五年级的书目。”

听到远子学姐说出这一长串书名，我也觉得有些印象。《月下看猫头鹰》就是那个小女孩和父亲在冬天夜里去找猫头鹰的故事吧？

“也就是说，图书馆的书并不是随便被挑出来割破的啰？”

“应该就是这样。但是，为什么要割这些书呢……”

远子学姐把手指点在唇上，陷入了沉思。

“你们两个，在做什么啊？”

我吓了一跳。

有一位抱着一叠文件的五十几岁女性疑惑地看着我们。

“对、对不起，那个，我们是……”

我还在吞吞吐吐地解释，远子学姐就往前走去。

她以认真诚恳的表情走向惊讶的教职员，然后流畅地说：

“我们是贵校毕业生芥川一诗的学姐和同班同学。因为我们很想知道一诗的某些事，所以才来打扰。拜托你！现在的事态非常紧急，能不能请你帮我们这个忙呢？”

该说是那番热诚的说辞打动了教育者的心呢，还是远子学姐的优等生外表带来的加分效果呢……

那位女性带我们到以木板隔成小房间的咨询室，请我们坐在白色的沙发上。

答应远子学姐请求的山村老师，曾经担任过芥川的导师两年，所以她对那件事还记得很清楚。

“当时担任芥川同学导师的是桃木由佳老师，她是一位既年轻又热心的老师，不过她也因此对学生寄予过高的期望。我想，她应该很难接受自己班上有学生被欺负，或是学生上课时拿雕刻刀攻击同学这种事吧。不管桃木老师有什么理由，她在那个时候对芥川同学说的话，对身为教师的人来说都不可原谅。桃木老师自己应该也是这么想，所以感到非常后悔……虽然她后来也向芥川同学道歉了，但是话一旦说出口，就再也无法收回。她大概认为自己没资格继续当老师，所以不久后就向学校请辞了。”

远子学姐问道：

“为什么桃木老师要责备芥川呢？芥川到底做了什么？”

山村老师脸色凝重地说：

“他向桃木老师报告，班上有同学被欺负……

担任班长的芥川同学会报告这种事也是很合理的，他没有理由遭受任何责难。但是，事实上并没有欺负事件。那位被怀疑欺负人的孩子因为愤恨难平，所以后来就真的开始欺负同学了。因为有那个孩子带头，班上半数的学生都联合起来漠视一个女生，有时会把她的东西藏起来，有时还会故意绊倒她。”

山村老师述说的这些往事，让我的心情越来越沉重。

这并不是芥川的错。

但是，如果我也跟他站在同样立场的话——因为自己的发言而导致欺负事件，而且还因此受到导师责备——我一定会感觉心好像被冰冷的利刃切开，一定永远都无法忘记这个创伤吧。

远子学姐也露出悲伤的表情。

山村老师叹了口气。

“被欺负的鹿又同学跟芥川同学的感情很好，两人常常一起去图书馆读书。鹿又同学多半一人独处，我记得只看过她跟芥川同学笑着说话。所以芥川同学一定更难过吧……”

——鹿又还没有原谅我！

我又想起芥川手上淌血、五官扭曲激动大叫的模样，顿时觉得喉咙像被什么堵住一样。

“我知道的事情只有这些。如果可以多少帮上芥川同学的忙就好了。”

“非常感谢你。还有，方便的话，可以让我看看当时的班级合照吗？”

山村老师似乎有点犹豫。

“……请你们稍等一下。”

她说完就站起来走到房间另一边，从柜子里拿出一大捆报纸又走回来。

那些是校内每个月发行的报纸，版面只有普通报纸的一半大。她翻了一下子就停下动作。

“这是五年三班的照片。”

这张照片很像远足的合照，有很多背着背包的孩子并排在摩天轮前。当时应该是跟现在同样季节吧？大家都穿了长袖上衣和背心，外面还披了一件羊毛衫。

“这个孩子就是芥川同学。”

山村老师指着站在照片最左，身材高大五官端正的少年。

然后她的手指移向旁边一人。

“这位就是鹿又同学。”

看到这位好像很乖巧的长发女孩，我突然愣了一下。

我总觉得这个女孩有点像更科同学，是因为发型呢，还是因为整体感觉……

还不只是这样，那女孩提着的包包还挂着一个让人感觉似曾相识的兔子吊饰。

淡粉红色的兔子……

这跟掉在芥川房间地上、头脚都被切断的兔子吊饰很像。不，我好像更早以前就看过同样的东西……

——兔子不见了。

——啊？

——那是我跟远子学姐一起去文具店买的。怎么办，到处都找不到。

对了！是挂在琴吹同学书包上的兔子吊饰！

一想起这件事，我的心中就因疑惑而急速冷却。难道芥川房间里的兔子，就是琴吹同学的兔子吗！

不，就算真的是同一只，或许只是芥川无意捡到，不知道那是琴吹同学的东西，所以才带回家吧。

远子学姐看着照片，伸出白皙手指指着站在照片最右边的女孩。

“这个女生是谁啊?”

我又差点脱口惊呼了。

那是一位表情冷淡的短发女孩。这位不高兴地抿着嘴唇的女孩,挂在肩上的书包也吊着一只跟鹿又同学相同的粉红色兔子。

冷汗从我背上滴落。这只是单纯的巧合吗?

山村老师听到远子学姐的问题,表情突然变得僵硬。

她状似为难地说出短发少女的名字。

“……这位是小西同学。她怎么了吗?”

“没什么,只是看见她有一只跟鹿又同学一样的兔子吊饰,所以我想她们或许感情很好吧。”

“是吗,我也不太清楚。鹿又同学应该没有芥川同学以外的朋友了。可能只是因为女生之间很流行这种兔子吊饰吧。”

山村老师用不太可信的理由结束了这个话题。

“心叶,你怎么想呢?”

我们走向校门时,远子学姐问道。

“鹿又同学跟小西同学拥有同样的兔子吊饰,真的只是巧合吗?还有,我觉得山村老师的样子也有点奇怪,她好像不想告诉我们小西同学的事耶。”

“……我也是这么觉得。”

远子学姐停下步伐,以澄澈的眼神看着我。

“我认为,小西同学很可能就是欺负鹿又同学的人。”

◇　◇　◇

最先说出“我们两人不该相遇”这句话的是你吗？还是我呢？

至少我们在这件事是怀着同样的心情，也同样的后悔和痛苦吧。

跟你四目交接、心灵相通的体验，让我感觉幼年时代在那间教室里立下约定之事只是虚渺的幻影，这也是我愚蠢的错觉吧。

我们都同样只注视着自己，不管对象是谁——不管对方内心抱着什么秘密，都完全不理解。

而且，也不理解潜伏在自己体内的怪物。

现在的我们，拥有同样的痛苦。

我们只是因此才会互相靠近。

但是，你黑暗的欲望却不断逼迫着我。

母亲，我好想得到解脱。

星期日，我在家里陪舞花玩耍。

“哥哥，再玩一次嘛。”

我央不过妹妹的要求，只好陪她一起在电视前玩格斗电玩游戏。看到舞花没有丁点混浊的大眼睛灵活转动、又是欢呼又是大笑的模样，我就有种很特殊的感觉。我在孩提时代也是这般天真吗？

如果不是因为美羽那件事，我就不会变得怀疑他人、畏惧他人，而能维持纯洁又坚强的心吗？

每一次的失败好像都会让人变得胆小，也变得卑鄙。

小学时代的芥川也经历过惨痛的失败，如今的他仍然为当时的记忆所苦。

只要想起美羽就会难过得无法呼吸的我，和对鹿又同学持续抱着自责心情的他其实非常相似，我满心苦楚地这么想着。

“我出门了。”

隔天是星期一。因为跟远子学姐约好在社团活动室见面，所以我很早就出门了。

周末去拜访芥川母校的归途中，远子学姐执着地对鹿又同学和小西同学挂在书包上的兔子吊饰念念不忘。

当我说了琴吹同学掉了兔子的事，远子学姐有点讶异地喃喃说着：

“是吗……小七濑的兔子不见了啊？”

“芥川的房间里，也有一只四肢被切断的兔子呢。”

“是啊……”

远子学姐沉默片刻之后，把手指点在嘴唇，一边思考一边说：

“那种兔子是一直保持热卖的人气商品，不同的颜色还有不同的意义喔。”

“意义?”

“红色代表读书运、黄色代表财运、蓝色代表交友运。”

“那粉红色呢?”

“是恋爱运喔。听说只要把那种兔子吊饰带在身边,就可以跟喜欢的人两情相悦。所以卖得最好的就是粉红色。”

发现琴吹同学这么在意恋爱运,还真让我吓了一跳。她平时不都是对男生不理不睬吗?

另一方面,鹿又同学和小西同学拥有同样祈愿吊饰的这件事,也在我的心中延伸出更大的谜团。

远子学姐说,欺负鹿又同学的人很可能就是小西同学。

如果真是如此,那芥川和鹿又同学、小西同学三人之间的关系一定更复杂吧?

小西同学为什么要欺负鹿又同学呢?最关键的理由到底是……

“我直到现在还是认为破坏图书馆的书、刺伤五十岚学长的人不是芥川。但是这么说的话……”

远子学姐说到这里就陷入沉默。我也知道她在想象的是什么事,所以更感到堕入黑暗深渊般的不安。

离别之际,远子学姐说:

“周一早上在班会课开始之前,先来文艺社一趟吧。在这之前我会先进行调查的。”

我承受着晚秋的刺骨寒风和透明的阳光,走在平常的上学道路上,突然看见站在邮筒前的芥川。

出其不意的相遇，让我吓得心跳差点停止。

芥川穿着学校制服。他把自行车停在路边，站得笔直，低头看着手上的长方形白色信封。

他那富有男子气概的侧脸满布忧容，而凝视着信封的眼神更是哀伤凄切，让我看了都觉得难受。

不可以靠近。

不可以出声叫他。

我表情僵硬咬紧嘴唇，拼命地对自己这么说。

但是我的脚却像被吸引似的，自动往他的方向走去。

我想，我一定是被绫女小姐和山村老师说的话影响了吧。

“芥川。”

我发出细如蚊鸣的呼唤，拿着信封的芥川惊讶地转头看我。

“……井上。”

我无法装出笑容，而是以凝重的表情说：

“你今天要上学吗？”

芥川的表情也很僵硬。

“嗯嗯……总之先去上学。”

“那就太好了。”

沉默在我们之间流窜。过了一会儿芥川才踌躇地说：

“……先前烦劳你和天野学姐来探望我，真是对不起。”

“不会啦。你的伤怎样了？”

“好得差不多了。只要把手举高还是可以洗澡。”

“是吗。”

我们再度沉默。

这次换我先开口了。

“那个……”

芥川表情凄苦地看着我。

“信……”我硬把塞在喉咙的声音挤出来，“我经常看见你在寄信……是寄给谁的呢？”

芥川的视线似乎开始游移。

“……”

持续的沉默几乎让我紧张得胃痛。

“还是家人拜托你寄出的吗？”

我口气软弱地又问了一次之后……

芥川叹了一口气。

“不，这是我的信。之前的也都是。”

他以宽广的背对着我，把信封投入邮筒。

然后他转过身来，以带着一种悲切的沉静表情说：

“井上，陪我去一个地方好吗？”

第五章

因为你当时哭了

我们来到了琴吹同学夏天住过的综合医院。

芥川带我走进充满药水味的白色走廊。

至此,他完全没再开口过,我也持续保持缄默。

“……”

“……”

我们走进个人病房,床上躺着一位大概三十五六岁的瘦弱女性。

她的口鼻和身体插了好几根管子,闭着眼睛一动也不动。

芥川低头看着那个人,像是叹息般地说:

“……这是我母亲。从我十一岁的时候开始,她一直以这个模样躺在医院。”

我的胸口受到强烈的冲击。

一直是这样?从芥川十一岁开始?从来没有清醒过?

我想起了绫女小姐很难过地讲出来的话。

——事件发生之后我们的母亲就住院了。母亲从以前身体就不太好，总是在医院进进出出的，但是这次入院，不知何年何月才能出院……

那句“不知何年何月才能出院”，原来是这个意思……

床边的桌子上，摆着满满一篮橘子和葡萄柚，酸甜的香味飘送而来。

水果篮旁边还有一叠未拆封的长方形白色信封，我大致数来至少有十封以上。

收信地址是医院，收信者字段写着“芥川淑子”。看到这里，我终于知道芥川寄出的信是写给谁了，顿时感到鼻酸。

芥川拿起一个信封，低垂的眼神寂寥地望着收信者姓名。

“我知道不管我写多少封信，母亲都不可能会看……可是，也正是因为这样，所以我觉得情绪无法抑制的时候都会忍不住写信给母亲。只要寄信过来，我就觉得母亲倾听了我的心声，心情也会变得比较轻松。”

他叙述的话语虽然听起来平静，却让人感到一股哀伤。

“母亲是在生下我的时候把身体搞坏的，但是她从来不曾埋怨我，总是温柔地对我微笑。”

绫女小姐也说过。

芥川从小就什么事情都自己做得好好的。

为了不让母亲操心。

芥川把信封放回桌上，再度望向他的母亲。

平静而悲伤的眼神，充满哀凄的侧脸。

“不管我心中有着多么丑陋的情感，只有母亲还是会原谅我吧。所以我也不会对母亲说谎，每一封信都是我的真心话。”

——我们光是为了母亲的事和自己的事就已经忙不过来了，实在没有剩余的心力可以顾及一诗。

——虽然一诗很成熟懂事，但是当时的他也只是个还在读小学五年级的十一岁男孩啊……

芥川也把六年前的那桩事件写在信里了吧。

而且，应该也写了这次的事件……

芥川从水果篮中拿起几颗橘子递给我。

“我们去中庭吧。”

“嗯。”

我接过橘子，僵硬地点点头。

我们坐在医院中庭的长椅上，吃着有点苦涩的橘子，我也坦承了我跟远子学姐去过他小学母校的事。

“对不起……你都叫我不要再管你了，我还这样……”

芥川似乎不怎么惊讶。他含着橘瓣静静地说：

“……不用介意。我在割腕的时候也不知道自己怎么了，就是抑制不了想要切割什么来解决一切的冲动。”

“当时你为什么说‘鹿又还没有原谅我’呢？”

我战战兢兢地询问，开始剥起第二颗橘子的芥川神情灰暗地回答：

“那件事啊……其实事件发生之后，小学生模样的鹿又还一直住在我的心里，不时会跟我说话。她说‘为什么不遵守约定？’、‘如果你没有背叛我的话，事情就不会闹得这么大，也没有人会遭受痛苦了。我的伤痕永远都不会消失’……”

鹿又同学跟我素未谋面，我却感觉像是亲耳听过这番话一样，背上不由得兴起一阵冷颤。

“是什么约定呢？六年前……到底发生什么事了？为什么你会以为鹿又同学被人欺负呢？”

“因为我看见鹿又的课本和笔记本被割得一塌糊涂，而且次数很频繁。”

芥川停下了剥橘子的动作，开始说起六年前的事。

第二学期换了座位，他坐到鹿又同学的隔壁。国语课时，他无意往旁边望去，就看到被割得满目疮痍的课本，还有鹿又同学愁眉苦脸低头看着课本的模样。

鹿又同学发现芥川正在看这边，就惊慌地合起课本。到了下课时间，她偷偷拜托芥川“请不要告诉任何人，也请对老师保密”。

但是，后来鹿又同学的物品还是持续被割破。

遍布着美工刀切割痕迹的铅笔盒，名牌被割碎的体育服、印上可爱卡通图案的垫板、水蓝色的毛巾——每次鹿又同学看到这种情况，就会露出快要哭泣的表情，然后觉得很丢脸似的把东西藏起来。

然后她又会向芥川恳求“请不要告诉任何人，约好了喔”。

芥川陷入了难解的纠葛，他不知道是应该遵守跟鹿又同学的约定，还是应该向老师求助。但是鹿又同学那样恳切地拜托，所以芥川一直无法违背约定。之后，芥川想了其他方法照顾她，他提议让鹿又同学把东西放在他的柜子，而且还把姐姐用过的旧课本送给她。

鹿又同学也很依赖芥川，两人后来就成了好朋友。

“鹿又好像跟父母处得不太好。她经常跟我说，她的父亲像是一板一眼的公务员，只要她成绩下滑就会斥骂她。她还说讨厌‘笑’这个名字。”

——父亲说过，我出生的时候山峦笑了，我一直都不明白。我讨厌“笑”这个名字，因为我在父母的面前总是笑不出来。

——我一直在跟他们奋战。

偶尔会发表激烈言论的鹿又同学，其实在乖巧外表之下藏着一颗坚强的心。放学之后，他们两人经常一起去图书馆写功课或是读书。

——在所有课文里，我最喜欢的就是芥川龙之介写的《橘子》。因为作者是芥川。

——芥川，你会永远站在我这边吧？我们永远都是好朋友吧？

“回想起来，我跟鹿又也曾经像这样一起吃橘子……好像是远足的时候吧……”

芥川遥望着远方。

“鹿又虽然是个女生，却是我重要的朋友。”

就跟山村老师说的一样，芥川一直烦恼着该不该遵守跟朋友的约定。

某一天，芥川无意间看见班上的小西同学在骂鹿又同学，而鹿又同学只是哭丧着脸默默承受。因为小西同学以前就经常瞪着芥川，所以芥川开始怀疑，小西同学可能就是带头排挤鹿又同学的人。

他问鹿又同学“你是不是跟小西吵架了?”，而鹿又同学只是露出尴尬又害怕的表情沉默不语，所以他对小西同学的疑惑又更深了。

那段时间，鹿又同学都把课本和笔记放在芥川的桌子里，但是有一天，芥川送给她的旧课本封面又被割得乱七八糟，她似乎无法继续忍耐了。

鹿又同学抱着课本，边哭边说:“对不起……芥川特地送我课本，却发生这种事……对不起，真的很对不起。”

芥川看到这种情况，终于忍不住向级任导师桃木老师报告鹿又同学被欺负的事。

后来桃木老师好像把小西同学叫过去盘问了。听老师的描述，小西同学很懊恼地沉默以对，当老师说“你可以跟鹿又同学好好相处吧”的时候，她颤抖地点头回答“……是的”，所以老师告诉芥川“这么一来就解决了”。

“其实小西并没有欺负鹿又。不只是小西，全班没有一个人在欺负她……”

芥川很难过地说:

“割破课本和笔记的人，就是鹿又自己。”

我吃惊地倒吸一口气。

“为什么鹿又同学要割破自己的课本呢?”

“我也只能猜测,那大概是鹿又对父母的反抗,也可能是她对父母的沉默求救讯号吧。要不然,也有可能像我一样,是因为压抑不了想要破坏什么的冲动……

“的确,是因为我破坏了跟鹿又的约定,鹿又才会真的遭受欺负,也是因此,那天她才会拿雕刻刀攻击小西。事情爆发之后,鹿又的父亲没办法继续在原来的地方工作,鹿又也因此转学,桃木老师也辞职了。都是因为我轻率的举动,才害大家的生活都毁了。”

——事情会变成这样都是你害的。

我一想到他当众被老师责骂的心情,就觉得心痛欲裂。芥川只是不忍心丢着哭泣的鹿又同学不管。但是,没想到这种行为反而把鹿又同学逼到绝境……

鹿又同学如今还是以小学生的姿态活在芥川心中,持续责备着他。

我对停止了剥橘子、沉着脸咬住嘴唇的芥川小声问道:

“我想问一个奇怪的问题,你房里有个粉红色的兔子吊饰,那是哪来的呢?”

芥川用疲惫的声音回答:“那个兔子……是生日礼物……我不好意思自己去逛都是女生的店,所以就找鹿又一起去选。鹿又说‘就这个好了’所以我才买的……但是鹿又转学之后,把那个兔子跟《橘子》一起送还给我了。”

“橘子？……”

我反问之后，芥川抬起脸来，露出落寞的笑容。

“就是小学课本里面芥川龙之介写的《橘子》。只有这个部分被切下来，跟断头的兔子一起送到我家。我想，她大概是不想再看到芥川这个名字吧。”

“怎么这么说……”

我话说到一半，声音就出不来了。

这太过分了，那件事又不是芥川的错。

芥川又垂下目光。

“事件发生之后，我母亲就变成现在这种情况，所以我觉得那是上天给我的惩罚。从那时以来，为了不再次伤害他人，我随时注意自己的言行，努力当个睿智而诚实的人……但是我却陷进三角关系，还伤害了学长……我果真是最差劲的人。”

才不是这样。你一点都不差劲。这不是你的错。我很想这么告诉他。

但是我却说不出口。

我很害怕……

只是因为害怕。

如果我在这种时候说出安慰的话语，一定会让他更自责吧。

我很害怕这种情况，怕得几乎全身颤抖……

“远子学姐说，刺伤五十岚学长的应该另有他人。她还说芥川是在包庇那个人。”

我真是太卑鄙了，因为不敢说出自己的心情，只好转述远子学姐说的话。但是这样也已让我费尽心力了。

芥川露出了惊讶的表情，然而，很快又转变成凄苦的表情。他像是要抑制颤抖似的握紧双手，说着：

“刺伤五十岚学长的人确实是我。那把雕刻刀也是我的，不管是什么事，全都是我做的。”

他究竟想要包庇谁，我也已经看出来了。因为可能的人选太少，我打从一开始就猜到了。

可是，我自己都无法接受这个答案。芥川为什么要牺牲到这种地步呢？是因为对过去的罪恶感？或是……

“芥川，更科同学难道就是跟你同班的……”

芥川咬紧牙关站起身来，像是要阻止我问下去一样，严厉地对我说：“我被过去紧紧束缚着，我没办法切断过去。我也打算承担自己的责任到最后。”

然后他就把剥到一半的橘子交给我。

“不好意思，这个也请你帮忙解决吧。我先回学校了。”

说完之后，芥川转身就要离去。

我赶紧问道：

“芥川，我想要再问你一个问题。你是因为喜欢更科同学才跟她交往的吧？你现在还是喜欢她吗？”

芥川回过头来，流露出清澈而哀伤的眼神。

“我是喜欢过她。但我现在有想见的人,那个人并不是更科。”

芥川离开后,我独自坐在长椅上吃着剩下的橘子。

我剥开硬皮,掰下橘瓣放进嘴里。

带着苦涩的酸味冲进了鼻腔深处。

“哈啾!”

我听到后方传来的喷嚏声,一回头就看到远子学姐屈膝坐在树后。

“你为什么会在这里啊?”

我错愕地问着,远子学姐就红着脸拍拍裙子上的草屑站起,她有点抱歉又有点害羞地说:

“我在上学途中看见心叶和芥川……所以就跟过来了。”

“然后就一直躲在那里偷听吗?”

“……对不起。”

她在我身边坐下,两手放在膝上。

“你生气了吗?”

“现在生气也没用,我早就放弃了。”

我平静地回答,一边继续剥着橘子。老实说,看到远子学姐我就觉得心情稍微恢复了一点。

“那个……我也可以吃吗?”

“你应该尝不出味道吧。”

“没关系,给我吧。”

我把橘子皮剥干净,再把橘子分成两半,其中一半给了远子学姐。

“谢谢。”

远子学姐掰下一片橘瓣放进口中，默默吞下。

我也吃着自己这份橘子。

“芥川龙之介的《橘子》是怎样的故事呢？”

“……这是在描写，故事叙述者的‘我’从汽车里看到了美丽、温柔又鲜明的瞬间景象。在小学课本上，‘橘子’不是写成汉字，而是写成平假名吧。

“这个‘我’跟一位穿着破旧、看起来很愚蠢的乡下女孩坐在同一节车厢，她让主角感觉很不舒服。因为这女孩在车子进入隧道之前打开了窗户，所以煤烟飘进车里，让他的愤怒达到最高点。但是，车子出了隧道，有一群小男孩来帮这位离家工作的姐姐送行，女孩就从窗口把橘子丢出去给弟弟们。

“在温暖的黄昏阳光中，橘子在空中鲜艳地舞动。主角看到这一幕，心情突然变得豁然开朗。

“那是让人胸口揪紧的酸酸甜甜幸福滋味，跟这个橘子的味道很像，虽然很酸……却会深深地渗入心中。”

“橘子不是很甜吗？”

“不……很酸。”

远子学姐又小声地补充一句“大概吧”，然后红着脸再吃了一片橘子。

我也喃喃地回应：

“是啊……的确很酸。”

远子学姐一面吃着酸涩的橘子，一面说道：

“那个……我说过要调查更科同学的事情吧。更科同学在小学五年级的时候，因为父母离婚而转学。更科这个姓，其实是妈妈那边的旧姓。”

我停下吃橘子的动作，仔细倾听，远子学姐继续悲伤地说出：

“更科同学以前的姓是……”

我会开始喜欢她，是因为看见她哭泣。

傍晚时分，我看见一位少女站在种了桂花树的庭院里跟母亲争吵。母亲后来不理少女，自己走进屋中，被独自丢下的少女缩紧身体抱着膝盖蹲在院子里，肩膀还隐隐颤抖。

她那压抑哭声的脆弱身影，跟我平时见到她的模样差太多了，我一时又震惊又心痛，在桂花的甜香中感到晕眩。

我第二次恋情，或许也是从我看见你哭泣的瞬间开始的吧。

你觉得这是你的耻辱，因此憎恨我、唾骂我，但是我反而被你吸引。

这样的我，明明就没有资格再喜欢别人。

可是我却想见你。

非常地想见你。

好想见你，想到快要控制不住。

不管我多么努力告诫自己，我的脚还是会自动走到你身边。我想要把自己的一切交给你，想要实现你的心愿，让自己染上黑

暗，想要坠落到无尽的深渊。

我希望至少能够感觉你的存在。

就算只是听听你的声音也好。

好想见你。

好想见你。

但是，现在的我却不能见你。

回到学校之后，已经是午休时间了。

我一踏进吵闹教室的后门，背后就传来了尖锐的语气。

“出公差啊？还真悠闲呢。”

我转头一看，发现环抱双手的琴吹同学正在瞪着我。

“哇！”

“你那是什么反应啊。”

“没有啦，因为你突然出声所以我吓一跳嘛。早安啊，琴吹同学。”

“现在已经该说午安了吧。”

她顶了我一句之后，就小声地说：

“芥川来了喔。虽然是第三堂课才进教室。”

“是吗，那真是太好了。”

我假装毫不知情地说着。

“他现在被老师叫到教职员室了，不过他今天看来心情很稳定，还很有精神地跟大家打招呼呢。”

虽然琴吹同学口气显得不耐，但是想必她也很担心芥川吧。

本来望向旁边的琴吹同学，突然不安地转头看着我。

“……更科今天也来学校了。她刚才还到我们班上，因为芥川不在，她就立刻回去了。她说芥川忘记东西所以帮忙送过来，就把什么放在他抽屉里……”

此时芥川回来了。

他从另一个门进入教室，走到自己的座位上。女同学跟他说话时，他也静静地笑着回答一两句。他坐在自己的椅子上，开始做下一堂课的准备，正要从抽屉拿出课本和笔记本的时候……

芥川的表情突然僵住了。

他睁大眼睛，看着伸向抽屉的手。他看见了什么？我忍不住朝他走去。

当我走到他身边，看见让他惊愕的东西之时，我也感到被浇了一盆冷水似的，一股寒意贯穿了全身。

那是小学五年级的语文课本。

芥川用颤抖的手把封面布满割痕的课本翻到背面。最下方用签字笔写了芥川绫女的名字，而旁边又贴了一张贴纸，上面写着另一个名字。

“鹿又笑”。

芥川愕然地注视着课本。

那本一定是送给鹿又的芥川姐姐的旧课本吧。也就是在那次事件后，送到他家的芥川龙之介《橘子》被切剩的部分……

琴吹同学说，更科同学是帮芥川送东西过来的。

芥川送给“鹿又同学”的课本，如今竟被“更科同学”拿来放在他的抽屉！

他一动也不动，持续俯视着那本被割破的课本，好像已经忘记自己还在教室了。

我立刻快步走出教室。

听到琴吹同学发出“啊”的叫声时，我已经在走廊上了。

我并不是芥川的朋友。

我也很明白，不要太在意他的事情比较好。我已经跨过了好几道界线，绝对不能继续往前！

但是，芥川被伤害得那么深，他是那样地痛苦。

已经够了吧！

也差不多该放过他了吧！

我走到三班的教室，但是更科同学不在里面。

我抑制不住内心的激昂，因此我没有回教室，而是跑下楼梯，经过中庭，跑到关着兔子的饲育小屋。但是更科同学也不在这里。

我下一个找寻的地方是图书馆。因为午休已经快结束了，柜台前排满了要借书的学生，一位担任图书委员的女孩正在忙个不停。

我朝着人潮的反方向前进，跑到图书馆最里侧。

我到达日本文学作品区，总算在芥川以前割书的书柜前看到了更科同学。

她低着头，好像正在发短信。地上掉了两张割破的书页，还有一本精装本芥川龙之介作品集。她也不捡起书本，只是专心致志地继续发短信。

更科同学神情狂乱地盯着手机屏幕，一边喘息一边拨打按钮的模样，简直就像被什么鬼怪附身了一样，我看得都不禁害怕地冒出冷汗。

宣告午休时间结束的钟声响起，周遭传来学生急着离开的声音，众人的脚步渐渐远去。

但是更科同学好像什么都没听见，还是继续发短信。

不觉之间，四周都静了下来。

我以发抖的语调问道：

“你在发短信给芥川吗？”

更科同学吃惊地抬起了头。

“你又想叫芥川来帮你顶罪吗？”

更科同学显得有些迷惘，紧接着就露出完全不适合这个场合的可爱笑容。

“因为一诗是站在我这边的啊，只要我有困难，他就会立刻飞奔到我身边，他是我专属的骑士喔。我跟一诗之间是有红线联系的哟。”

她轻柔的口吻，幸福的微笑，让我战栗得起鸡皮疙瘩。她到底在说什么啊？

“……偷走生物社的兔子、用雕刻刀刺伤五十岚学长的人，就是你吧？”

更科同学不悦地皱起眉头。

“是啊，因为我最讨厌兔子了。而且五十岚学长也太烦了，竟然还对一诗动粗……我绝不原谅他，所以就刺伤他了。用这个。”

她把手机放进裙子的口袋，然后掏出一样细长的东西。我发现那是一把刀口呈V字形的雕刻刀，惊讶得为之屏息。

“‘唰’的一下……”

更科同学的嘴角微微扬起，斜斜地挥了一下雕刻刀。

“五十岚学长吓坏了，倒下之前他还满脸不敢置信的样子，看起来好像快哭了，真是太爽快了。”

我害怕得浑身打颤。更科同学为什么可以用如此开心的表情，说出那么可怕的事呢！当时她不是也害怕地哭喊吗？难道那都是演出来的？还是她根本就不知道自己在说什么，也不知道自己做了什么吗？

站在我眼前的她，看起来就像一个非常不安定、猜不透会做出什么事的危险生物。

图书馆变得鸦雀无声，其他人应该都离开了吧。

“你……跟五十岚学长……有在交往吧？”

我断断续续地问着，更科同学的表情顿时转为激怒。

“这只是对方的一厢情愿！我最讨厌那个家伙了！那个人头脑简单四肢发达，又轻薄无礼，走到什么地方都会大声嚷嚷！笑得跟个笨蛋一样！吵吵闹闹的！要去看哪部电影、要去哪间店吃饭、要叫什么餐点，他都擅自帮我决定好了，一定是早就预谋要做什么下流的事吧！每当他假装不经意地搭我的肩膀，我就想要像是切高丽菜那样把他切得粉碎！光是跟那个男人呼吸相同的空气我都想吐!”

她接连不断口出恶言,激烈地批评她讨厌的那个人。我被她闪闪发亮的眼神,还有她用力握紧的雕刻刀吓得僵直不动。

“讨厌!讨厌!我最讨厌他了!我根本不想再次看到那个家伙!他竟然还欺负一诗!对一诗做了那么过分的事!结果他竟然叫我继续跟他交往吧,我吓都吓死了!什么叫做‘继续’啊!我从来没有跟他交往过啊!他连这个都不懂吗?笨蛋!早点死算了!”

憎恨、悲伤、痛苦、愤怒——更科同学的脸上交织着各种情感,她的身体也不停颤抖。

此时,后面传来芥川的声音。

“够了!不要再批评五十岚学长了!不要这样污辱学长!”

“你果然来了,一诗。”

更科同学就像等到了约会的男朋友一样开心微笑,而站在她面前的芥川则是痛苦地扭曲着面孔,他硬挤出声音说:

“……五十岚学长是个了不起的人。他又开朗、又会照顾人、深受社团成员们的爱戴,当我获选为一年级里的惟一正式选手,其他学长看起来都不怎么愉快的时候,只有五十岚学长打从心底为我感到高兴,还拍我的肩膀叫我好好加油。”

芥川的声音紧绷着。

“……他真的是个很好的人。所以,学长叫我把更科介绍给他时,我才会接受。如果是学长的话,一定没问题的。更科跟学长在一起的时候,不也是一直过得很开心吗?”

笑容从更科同学的脸上敛去。

芥川像是忍耐着极大痛苦似的，继续说着：

“我……我以为你们相处得很好，还感到安心，可是你却骗我学长对你使用暴力，还说学长在跟踪、骚扰你……竟然这样骗我……”

“先骗人的不是一诗你吗！”

更科同学流露出受伤的眼神大叫。

“当一诗说希望我去看你们比赛的时候，我是那么地高兴啊！我去看了好几次比赛，一诗每次都会走到我身边，跟我聊天——虽然一诗的身边总是跟着五十岚学长，但是我关心的只有一诗，所以从来没有注意过他。

“可以跟一诗变得这么亲近让我觉得好开心，当一诗约我去游乐园玩的时候，我开心得简直要飞上天了！虽然五十岚学长也一起去了，但是我只要假日也能跟一诗在一起，已经觉得是最大的幸福了。

“所以一诗每次约我出去，我都打扮得漂漂亮亮，欢喜雀跃地提早到达集合地点。可是，后来一诗却动不动就说突然有急事，或是得了感冒，经常放我鸽子，结果不知不觉间，我竟然就变成五十岚学长的女朋友了！”

芥川无法回答。他抿着嘴唇，皱紧眉毛，静静聆听更科同学诉苦。

我的胸口像是有火在烧。芥川并非存心欺瞒，他只是受到最尊敬的学长请求，所以才设法把学长跟女同学拉在一起啊。

就像大宫支持好朋友野岛和杉子的发展一样……

但是正如同杉子喜欢的是大宫，更科同学倾心的对象也不是五十岚学长，而是芥川。

“我知道一诗跟五十岚学长的关系很好，所以为了不让一诗讨厌，我一直努力地忍耐着。但是，你知道我跟学长两人去吃饭看电影有多痛苦吗？渐渐地，我只要听见学长的笑声就会起鸡皮疙瘩，后来我再也忍不下去了，才跟一诗说了那种话。确实学长并没有对我暴力相向，但是对我来说都是一样的！”

更科同学双手握住雕刻刀，然后指着自己的胸口，一边退后，一边露出哀伤欲绝的表情说：

“我好不容易甩掉五十岚学长，一诗也答应当我的男朋友，我们终于可以得到幸福了，为什么一诗突然说要分手呢？是因为我刺伤了学长吗？那是‘鹿又逼我做的’，是鹿又威胁我，我不做的话就要抢走一诗。我不想被一诗讨厌，可是，可是，我好讨厌学长，而且鹿又——那个时候的鹿又——胸口喷出的血溅到我身上的瞬间，鹿又还笑着说这是复仇——她笑着说如果你也受伤就好了，所以——所以这不是我的错！”

更科同学把刀尖抵在自己的脖子上。

芥川脸色发青地说：

“把雕刻刀给我。”

“不要！”更科同学凄厉地大喊，“回答我！为什么要跟我分手？我的生日都快到了！但是为什么！为什么！”

芥川往更科同学慢慢走近，痛苦地开口说道：

“我们从一开始就说好了吧。因为你无法跟五十岚学长继续交往下去，所以我才答应假扮你的男朋友。看你害怕成那样，我才会答应扮演你的男朋友一年。而约定的这一年，在上个月已经结束了。”

更科同学疯狂的神情霎时转变成带泪的笑脸。

“嗯，一开始的确是这样。但是为了不让这段关系在一年之后就宣告结束，我在这段时间一直努力地博取一诗的欢心啊。

“我烤了饼干，也织了围巾，又留长了头发，我是那样拼命地努力过来的啊！”

我回想起散乱在芥川房间、长满霉菌的小蛋糕和饼干，就觉得胸口像是被开了一个洞似的。因为我试着想象，更科同学那样的努力对芥川来说会是多么沉重的负担……

“这一年间，我们从来没有吵过架，一直是相处融洽的情侣对吧？在这一年里，一诗应该开始喜欢我了吧？”

芥川没有回答，而是把脸皱得更紧，把嘴唇咬得更用力。

这样的反应，让更科同学原本哀伤的表情再度恢复为狂乱。她朦胧的泪眼闪现出憎恨的光辉。

“我知道了。一定是又有人说了我的坏话吧？就像那个女人一样！”

下一瞬间，更科同学的视线捕获了我。

“！”

她高举起雕刻刀。

“井上同学，是你对一诗说我的坏话吗？是你怂恿他跟我分手吗！”

“不，我没有……”

“别这样！更科！这跟井上没有关系！”

“回答我！快回答啊，一诗！‘鹿又是不是又说了我的坏话’？”

我耳中听着她轰轰作响的尖叫，眼中看着雕刻刀刀尖的锋芒。眼看那把刀就要往我挥下来了。

“快住手！‘小西同学’！”

一道凛然的声音，喝止了更科同学的动作。

寂静的图书馆里响起喀嗒喀嗒的脚步声。

甩着猫尾巴般长长辫子的远子学姐，从我的身边经过，然后在更科同学的面前站定。

“为什么你会在这里？”

我震惊地发问，远子学姐目光还是锁在更科同学身上，头也不回地说：

“千爱告诉我更科同学来到图书馆了。”

此时竹田同学从我身后探出头来。

“我今天在图书馆值班的时候，因为看到更科同学的模样很奇怪，所以我把远子学姐找来了喔……”

这么说来，平常应该要有两位图书委员一起值班，而今天确实只剩一人，所以柜台前的队伍才会排得那么长。

远子学姐问道：

“更科同学，你就是小学五年级时跟芥川同班的小西萤里吧？”

“你为什么知道？”

更科同学沉着脸质问，远子学姐右手叉腰，断言说出：

“因为我是‘文学少女’啊。”

更科同学呆住了。

也难怪她有这种表现。在这种紧张的场合突然有一个人跑来胡说八道，任谁都会觉得好像受到愚弄，茫然得不知该做何反应吧。

芥川也露出困惑的表情望着远子学姐。

唉，为什么这个人每次都这么乱来呢？

更科同学把高举的手收到胸前。

远子学姐毫不畏惧地开始说明：

“最近在图书馆发生了多起书本被割破的事件，由衷深爱书本的我看不过去，所以开始搜索犯人。虽然芥川说是他做的，但是他割破的书只有一本——就是有岛武郎作品集的其中一页。当然，这对我来说也已经是不能原谅的罪行了……可是他有不得不这么做的理由，因为他想要包庇真正割书的犯人。割破其他书本的人就是你吧，更科同学？”

更科同学还是一脸惊愕的神情。大概是因为话题跳跃得太快，所以她跟不上吧。相反地，远子学姐的话匣子才正要打开。

“就算你不回答，我从掉在你脚边的芥川龙之介作品集，还有你手上拿的雕刻刀就看得一清二楚了。

“被割破的书，全都是小学五年级的语文课教过的文章。

“我听说过，芥川小学五年级时，班上有个被欺负的女同学在教室里挥舞雕刻刀，引发一阵大骚动。而被割破的书本留下的痕迹又不太像是美工刀切割过的迹象，那是两条平行的凹痕，只有用雕刻刀才会留下这种痕迹吧？

“我也实际试过用雕刻刀切纸了，虽然有些费力，但是只要熟练了就能整齐地切开纸张，而下面的纸张也会留下两条凹痕。也就是说，书本是被雕刻刀割破的。

“如果把这些都解释成偶然，也说不通吧？

“所以我开始‘想象’，芥川想要包庇的就是跟小学那起事件相关的人，也是现在跟芥川走得很近的人。

“芥川会想要包庇的除了五十岚学长之外，就只剩下你了吧，更科同学？

“五十岚学长被锐利物品割伤喉咙，被救护车送往医院之后，留在现场的也只有你一个人。”

我怀着郁闷难耐的心情听着远子学姐说的话。

没错，“芥川用雕刻刀攻击五十岚学长”的那天，他看起来摆明就是想要包庇某人。

那一天芥川被手机短信叫出去，匆忙得连戏服都来不及换下，怎么可能有那种闲工夫准备雕刻刀，或是跟学长起口角呢？而且五十岚学长也知道是更科同学刺伤自己，所以后来才震惊得闭口不谈这件事吧。

犯人就是更科同学，这件事我和远子学姐早就心里有数了。

但是芥川跟更科同学明明没在交往，为什么要包庇她到这种地步呢？

然后，更科同学为什么会有那种举动？我对这点浑然不知，远子学姐应该也很难判断吧？正是因此，远子学姐才会带我去那间小学，调查可能是所有事情起因的那桩事件。

脸色发青的更科同学凝视着远子学姐。

“另外，还好我有调查过你的名字。你叫做更科茧里，被欺负的那个女孩叫做鹿又笑，然后，那位欺负鹿又的同学，我已经请芥川的姐姐找过以前你们班上的通讯簿了。那个孩子就叫小西‘茧里’,跟你恰巧同名呢,更科同学。”

这件事情,我在医院中庭吃橘子的时候已经听远子学姐说过了。

当我看见那张远足的合照,我本来猜测更科同学或许就是鹿又同学。因为现在的更科同学和照片上的鹿又同学,不管是发型还是气质都很像。

但是更科同学并不是站在芥川身边的鹿又同学,而是站在另一角、眼神冷漠的短发少女——小西同学。

“……说什么我欺负鹿又,那都是鹿又的弥天大谎!”

更科同学表情狰狞地叫喊:

“鹿又是自己把课本和笔记本割破的,其实她只是假装被欺负来博取一诗的同情啊!我看到鹿又自己割破课本,所以才会把她叫出来,骂她是个骗子,而鹿又当时也心虚得不敢说话。但是,她后来竟然还是继续欺骗一诗,像个公主一样接受一诗的保护!

“我也是很喜欢一诗的啊!比起鹿又,我从更早以前就一直看着一诗了啊!可是……我就连想跟一诗说话都没办法,因为鹿又跟一诗变得越来越亲密,每天都会一起去图书馆……”

更科同学的语调越来越高亢,握着雕刻刀的手也持续颤抖。

“就连我一直都很想要的兔子吊饰,她都叫一诗买给她了!在远足的时候,她还故意拿来向我炫耀,说‘这是芥川送我的’!所以我就把自己用零用钱买的兔子丢到游乐园的垃圾桶里了。那个时候,我对鹿又的憎恨升到最高点。但是,最不可原谅的,就是鹿又竟然骗一诗说她被我欺负!”

“不是的！你误会了，更科！”

芥川叫道。

“是我主动怀疑你的，跟老师打小报告的人也是我！”

但是，芥川的解释反而让更科同学更激动。

“你想包庇鹿又吗！一定是她跟一诗说我的坏话吧！因为那家伙知道我喜欢一诗，但是她却摆出一副自己才是一诗喜欢对象的模样、自信满满地说‘芥川是站在我这边的’——她一定在背地里嘲笑我吧！就是这样我才会欺负鹿又！我也跟大家说了鹿又的坏话，说她喜欢一个满口谎话的男生！后来鹿又那家伙变得越来越奇怪，我在美劳课的时候小声地对她说‘我要把事情的真相告诉芥川’，她竟然拿起雕刻刀要刺我。”

更科同学得意地笑着。我觉得更科同学自己才越来越奇怪，不由得浑身战栗。更科同学眼睛充血高声尖笑，又继续说：

“所以啊！我也抓起自己的雕刻刀，对鹿又挥过去！我割伤了鹿又的右手，然后继续刺她，把雕刻刀插进她的胸口。就算到了今天，鹿又的胸前一定还留着那个伤痕吧！”

在六年前的事件里受伤的人，不是小西同学吗？难道事情刚好相反，其实是小西同学——不，其实是这位更科同学刺伤了鹿又同学吗？啊，这么一说我也想起来了，芥川也说过“鹿又的伤还没有痊愈”，他还会听见鹿又在梦里对他说“我的伤痕永远都不会消失”……

我在脑中描绘着那桩发生在小教室里的血腥悲剧，因而感到被深沉黑暗给吞噬的阴郁心情。

远子学姐同样僵立不动，好像也说不出话了。

更科同学继续说着。

她的父母感情本来就很差，事件发生后，更是互相推卸女儿教育失败的责任，后来就离婚了，所以在鹿又同学转学之后，她自己也不得不转学了。

鹿又同学搬家之前去她家跟她道歉，还把语文课本和兔子吊饰交给她，对她说“请帮我还给芥川”。

“竟然专程跑来跟刺伤自己的人道歉，鹿又这家伙还真不愧是个优等生呢。还是该说她太迟钝了呢?”

更科同学的眼中浮现寒冰一般冷冽的恨意。

“我把兔子吊饰的头切下来，也把《橘子》从课本里割下。因为我以前在图书馆听鹿又说过‘课本里面我最喜欢的就是《橘子》，因为作者是芥川’，当时我气得火冒三丈。后来我就用鹿又的名义，把割下来的《橘子》和兔子一起送到一诗家去。剩下的课本……我舍不得丢掉，就一直留着了。”

她只有最后一句话流露出淡淡的哀伤。

把割下的《橘子》和切断的兔子送去给芥川的，并不是鹿又同学，但是就算对象不同，对芥川而言还是同样伤痛。

不，如果是鹿又同学以拒绝的态度送还这些东西，或许还没那么令人难过。

芥川眉头紧蹙，咬紧牙关，看着更科同学。

更科同学的表情再度变得平静。她像是哀求似的，看着芥川说：

“我最讨厌像鹿又那样假装软弱的优等生了……可是，如果一诗喜欢的是鹿又那种女生，那我宁愿变成鹿又。

“鹿又一直都在阻挠我和一诗，从小学的时候，她就不断纠缠着一诗，还对我炫耀她跟一诗的交情。直到现在，她还是会不怀好意地对我说‘芥川是站在我这边的’‘这就是你刺伤我的惩罚’……不对的人明明是鹿又！可是为什么我无论如何都没办法把鹿又赶出脑海？刺伤鹿又时的触感，至今还残留在我手上……所以我要成为鹿又，如果我是鹿又的话，就没有必要害怕鹿又了。

“如果我像鹿又那样割破书本的话，一诗就会飞奔到我身边吧？我好高兴啊，我每次割书，一诗真的都会来找我。我割开兔子的喉咙时，一诗脸色发青地说‘你到底想要我怎么做’，然后从我的手上把兔子抢走。一诗真的很担心我吧？我也对五十岚学长说了‘我很讨厌你，不要再接近我了’，所以今后一定没问题的。已经没有任何事物可以阻挠我和一诗了。但是这样还是不行吗？还是要跟我分手吗？我下个礼拜的生日非得一个人过吗？”

芥川难过地保持沉默。这位女孩因为他而受到伤害，他如今怎么狠得下心对她弃之不顾，这样迷惘的心情也清晰传达给我，让我觉得好难受。远子学姐同样以悲伤的表情看着芥川。

更科同学的眼中渗出绝望之情。

“难道你有其他喜欢的人？就是拥有这个兔子的人吗？”

她一边说着，一边把手伸进口袋，掏出粉红色兔子吊饰拿到芥川面前。

远子学姐讶异地倒吸一口气，我也睁大眼睛。

那个，该不会是……

“你以前拒绝跟我一起演出话剧，为什么现在答应参加文艺社的话剧？为什么？是因为琴吹同学吗？是因为琴吹同学长得很漂亮，也很受男生欢迎吧？”

她的语气越来越激烈，眼神也出现一丝狂乱。

那果然是琴吹同学的兔子吊饰！原来是更科同学偷走的！

“你说啊！你喜欢琴吹同学吗？你在跟琴吹同学交往吗？这个兔子是一诗送给琴吹同学的吗？”

更科同学把兔子放在书柜上，举起雕刻刀狠狠地刺下去。

兔子的腹部被戳出一个洞，然后她横向拉动雕刻刀，把兔子切成两截。

“既然如此，我也要把琴吹七濑大卸八块！”

更科同学恶狠狠地咆哮，她手中的雕刻刀还插在兔子身上。

“只要是一诗喜欢的女生，每一个！每一个！我都要把她们割开！”

芥川的肩膀不住颤抖。他低垂的脸猛然抬起，放声大吼：

“你够了吧！不要再这样了！”

更科同学露出惊吓的表情。

芥川皱紧眉毛，痛苦地喘息着说：

“我对你并没有恋爱的感情。我以后不会再包庇你了，你再叫我出来我也不会理你了。”

然后他呼吸急促，痛苦万分地说出：

“以后不要再接近我了，我会很困扰的。”

更科同学惊讶的表情渐渐变成悲伤。雕刻刀的刀尖从兔子身上落下，图书馆中充满了难堪的沉默。

“你终于……回答我了。”

她悄声说着,仿佛为此感到安心。

看到她嘴边浮现寂寞的微笑,我顿时大惊失色。

我以前也看过这种微笑。

那是在某个夏日,刮着风的顶楼上,甩着马尾转过头来的美羽静静地笑着。

——心叶,你一定不懂吧。

坠楼的美羽。

尖叫的我。

一道炽热而锐利的刺激贯穿我的脑袋。

"不要啊！更科同学!"

我往前冲去,而更科同学带着微笑,在我眼前握紧雕刻刀往自己的脖子刺去。

"——!"

时间静止了。

芥川睁大眼睛动也不动。远子学姐双手掩口呆立原地。竹田同学冷冷地凝视着这副光景。

从白皙脖子喷出的鲜血,染红了更科同学的身体。

接着她倒在地上。

"不要动她!"

远子学姐制止了正要冲过去的我。竹田同学迅速从口袋掏出手机,打电话叫救护车。远子学姐说着"我先去找老师",就冲出图书馆了。

“更科同学……更科同学……”

我试着呼唤更科同学，她稍微睁开眼睛，颤抖着被血沾湿的喉咙，断断续续地说：

“……如果，早点……告诉我的话，就好了……因为我很笨……我什么都看不出来……”

对不起……

更科同学好像喃喃说出了这句话。

愕然伫立的芥川，此时才显出受到冲击的表情，他跪在血泊中，双手抱头大喊：

“一直——一直都是这样！我一直在做错事！我明明发过誓绝对不再犯错，绝对不再像这样伤害别人了！既然更科是因为我才变成这样，我就得负起全部责任，我一直是这样想的——可是，我错了——是我把更科逼到这种地步的——我又做错了！我就跟小学的时候一样，还是那么愚蠢！快救她——快救更科啊——快救她——快救她——快救救她啊！”

看着心神俱裂叫喊的芥川，我觉得仿佛看见了美羽从顶楼坠落时的自己。

“不会……不会有事的……”

我感到天旋地转，喉咙发热，嘴里干渴，呼吸也变得困难。现在绝对不能发作啊！

“不会有事的……一定不会有事的，芥川！”

我抱住了芥川比我宽阔的肩膀，像是只记得“不会有事的”这句话似的不停地重复，事实上我一点都不觉得不会有事，我跟他一样浑身颤抖，只能在心中拼命祈祷更科同学平安无事，祈祷这段噩梦般的时间能早点过去。

我们伏在血流满地的更科同学身旁一起颤抖，竹田同学则是以飘忽的目光观望着这一切。

母亲，请帮助我。我到底该怎么做呢？

你的儿子又伤害了别人，又把别人的人生搞得一塌糊涂了。为什么我总是这么愚蠢呢？

更科全身染满鲜血，倒在图书馆的地上。

她对我露出清澈的微笑，说着“你终于回答我了”，然后割了自己的喉咙。如果我早点把自己的心情告诉她，就不会发生这种事了吧？不，应该要更早，早在五十岚学长叫我带她来看下次比赛的时候，我就该拒绝了。

当时我也很烦恼。我真的有办法帮别人牵红线吗？而且更科就是那个小西啊！

小学的时候，我就害她蒙上无辜的罪过，把她逼得几近发狂。

我还听说因为那次事件，才害得她的父母吵架离婚。所以，这等于是我亲手破坏了小西的家庭。

升上高中再度见到她时，我吓得几乎停止呼吸。她没有提过以前的事情，我也同样保持沉默。但是，光是跟她坐在同一间教室里，我就觉得像是接受惩罚一样痛苦。

所以，我应该拒绝学长的要求才对。但是学长再三拜托，让我感觉到学长的真心，而且我也一向尊敬学长的人品，所以答应约她来看比赛，还把她介绍给学长。在那之后，当她跑来向我倾诉被学长跟踪时，我答应要假扮成她男朋友，也是错误的决定。是我害五十岚学长退出社团，也是我害她变得越来越奇怪。

结果，我还是被过去的罪孽紧紧地束缚，无论如何都逃不开，非得持续地偿还不可。我觉得不管是小西还是鹿又，都不肯原谅我以前犯下的过错。

我一直努力当一个不会再度犯错的聪明人，努力弥补过去的罪过。但是，已经不行了。我的行动、我选择的道路，不管哪一步，全都错了。

我对鹿又、对小西、对桃木老师、对五十岚学长，还有对更科，到底该如何赔罪才好？

我就像在看不见尽头的黑暗迷宫里四处乱撞。耳鸣不已，头痛欲裂，身体如烧灼般火热，已经快要站不住了。

母亲，如果你不能帮助我，就请你惩罚我吧。请你帮我决定吧。就算你的决定是“死”，我也会毫不犹豫地遵从的。

求求你，母亲，请回答我。母亲！母亲！

第六章

愚者的迷宫

三天前，更科同学被救护车载到最近的医院接受治疗。

据说伤口只要再深一点就没救了，所幸救护得早，伤口也比想象的浅，所以没有生命危险，只要一个礼拜就能出院了。告诉我们这些事情的是麻贵学姐。

那一天，远子学姐一起跟去医院，我们在咨询室里接受老师询问之后，就一直坐在沙发上等待医院的通知。

当时麻贵学姐突然现身，告诉我们"远子跟我联络过了，她说更科同学没有大碍"。

"真是的，没多久前才发生学生被刺伤的事件呢。我们学校为什么接二连三地出这种纰漏啊？为了压下消息不让太多学生知道，可要花上不少工夫呢。算了，我祖父他们应该有办法吧。你们也可以回家了，我想你们应该没心情再上课或参加社团活动了吧？我叫司机送你们好了。尤其是旁边那位，如果不送你回家，让你在回家途中跳下陆桥的话可就麻烦了。”

她还看着芥川如此说笑，但是我们实在笑不出来。

这时的芥川已经身心俱疲，憔悴不堪了。在图书馆陷入一阵混乱之后，芥川一直像尊石雕一样沉默不语，不管老师怎么问话他都不回答。我想芥川一定不停地在心中责备自己吧，看他那副面色凄苦、呼吸困难的模样，我也不禁担心得胸口都揪紧了。如果更科同学有个三长两短，他或许真的会精神崩溃。

那天晚上，远子学姐打电话给我了。她说更科同学可以多少说一些话，情绪也大致稳定下来了。

就算听到这些事，我的心情还是没有好转。

经过这三天，文化祭已经迫在一周之后了。

话剧排演一直呈休止状态。竹田同学和远子学姐，在这段时间好像都忙着准备班上的活动，昨天我看到远子学姐的时候，她正甩着两条毛躁不齐的辫子在走廊上奔跑。

琴吹同学问过我，我跟芥川在三天前的午休时间离开教室之后就没有回来，而是直接早退的理由，我只回答身体不舒服，并没有详细说出事情经过。

“既然如此，那我去问芥川。”

琴吹同学不悦地丢下这句话，但是当芥川到校时，她看见芥川那副疲惫的模样，好像颇为惊讶，后来也没真的去问那天的事情。

芥川可能因为自我谴责，故意不让自己有一刻的心安，所以没有请假也没有迟到，一样认真地天天坐在教室里听课。

美羽从顶楼坠落之后，我一直把自己关在房间里，芥川虽然照样出席，但他看起来就像把自己关在心中的房间似的。

我跟他说话的时候他都会回答，不过他总像在思考着什么事，一直露出郁郁寡欢的表情。

午休时，远子学姐跑来我们教室。

"我想话剧差不多该重新开始排演了，你觉得呢？"

她很担心似的小声问着芥川。

"……我知道了。放学后在小会馆集合吧？"

芥川淡淡地回答。

久违的排演，在奇妙的气氛中展开了。

每个人似乎都很在意芥川的情况，因此显得心不在焉，台词读得平淡无味。

芥川板着脸孔念起大宫的台词。我不由得感到他声音比以前更生硬，也听不出任何抑扬顿挫。但是，他就像努力背负着自己的义务一般，还是继续念台词。

念到大宫和杉子书信往来的最高潮那幕，芥川的声音突然中断了。

这是杉子写信给出国留学的大宫说"请接受我"，表达自己的倾慕，而原本总是回答"请不要爱我，去爱野岛吧"的大宫，也终于吐露真心，接受杉子感情的最精彩情节。

"我考虑着这封信究竟要寄出去，还是不寄的好？我真的不想寄，然而——"

不管重来几次都一样。就像跳针的唱片，只要讲到这句台词，芥川的声音就会停止。

隔天也是，再隔天也是。我只能心痛地看着芥川皱紧眉头、眯细眼睛，努力地试着挤出声音。

这种情况一直持续到文化祭前一天。

我走进小会馆，看见琴吹同学站在舞台上，独自练习念台词。

“大宫先生，请不要生气。我是鼓起了很大的勇气才写这封信的。”

她望着观众席如泣如诉的模样，跟以往的琴吹同学截然不同，看起来非常脆弱无助。

“苦苦等候着您的回音，但却音讯杳然，所以我开始担心。就算您生气了，也请您怜悯我，给我回音吧！”

这时琴吹同学发现我了，她吓了一跳，脸也红了起来。

“讨、讨厌，来了干吗不出声啊。”

“抱歉，因为看你很认真地练习，我不好意思打断你。大家都还没来吗？”

琴吹同学转开视线，僵硬地回答：

“好像都在忙班上的事吧……明天就要正式上场了，芥川真的没问题吗？”

她的表情很快黯淡下来，视线慢慢转回我身上。

我也沉着脸回答：

“他是说过会站上舞台啦……”

我很清楚他念不出台词的原因。大宫的情况，就像他和五十岚学长、更科同学的三角关系一样，就算只是演戏，叫芥川背叛好朋友野岛而接受野岛爱慕的杉子，他还是会感到畏惧。因为芥川背叛五十岚学长，接受了更科同学的请求，结果却不止伤害五十岚学长，甚至把更科同学逼到绝境。

这样的选择正确吗？不会犯错吗？因为芥川心中充满这些疑问，所以才不安得念不出台词。

芥川真的有办法用这种状态站上舞台吗？如果正式演出的时候，他也这样呆呆地晾在台上，那不是徒增伤心吗？

"……"

琴吹同学也一定很担心吧？她又转开视线，低下了头。

我也默默地把书包放在观众席上。

"……喂。"

琴吹同学依然看着旁边，对我说：

"在其他人到齐之前先练习一下吧。井上可以帮我念大宫的台词吗？我想体验一下最后一幕的感觉。"

我点点头，也走上了舞台。

"好的，那就从书信往来的那幕开始吧。"

"……嗯。啊，剧本给你。"

"不用了，台词我大概都记住了。"

"……是喔。"

我们站在舞台的两端。

琴吹同学开始用脆弱的表情望着我。

"大宫先生，请不要生气。我是鼓起了很大的勇气才写这封信的。”

这是演技吗？琴吹同学的声音有些颤抖。

她低头往上窥视的眼光，还有交握在胸前的手，完全是个努力向爱慕之人表达心意的纯情少女，让我感到一种异样的情绪。

不知为何我的心跳开始加速了。

难道我对琴吹同学动心了吗？

不可能有这种事吧？一股不安又带着甜蜜的感觉从我的心底涌出。

“苦苦等候着您的回音，但却音讯杳然，所以我开始担心。就算您生气了，也请您怜悯我，给我回音吧！”

琴吹同学不只是声音颤抖，就连她交握的手指、嘴唇、睫毛都轻微抖个不停。

“我是您的，是专属于您的。”

琴吹同学以痴迷的表情凝视着我。

“我的一生、名誉、幸福、骄傲，都是属于您的，都是您的。”

她的声音越来越热烈，眼眶也已经湿润了。

“只有成为您的妻子之后，我才能成为真正的我。”

不知为何，此时的我想起和琴吹同学在医院里的对话。

——井上……一点都不记得了……我、我啊……在初中的时候……

当时琴吹同学也像这般眼中带泪地诉说事情吧？

琴吹同学突然低下头。

台词也停止了。

奇怪，我正在疑惑之时，一滴晶莹剔透的水滴从琴吹同学的脸颊滑落。

她、她该不会真的哭了吧！

“你怎么了，琴吹同学？”

我慌张地向她跑去。

“是不是太入戏了？还是在担心芥川的事……”

“不是的。”

琴吹同学摇头，哽咽地说：

“我并不是在担心芥川。我是个自私的人，芥川过得这么痛苦，大家都在为他担心……可是我却只在意其他的事情……”

她双手掩面，肩膀颤抖。

我满心困惑，小心翼翼地问着：

“你在意的是什么事呢？”

琴吹同学像个孩子般哽噎啜泣，好一阵子才放下双手，用微弱的声音说：

“井、井上最近……又是迟到，又是早退，午休时间还突然跑出学校……还会跟远子学姐和竹田窃窃私语……一定是在说芥川的事情，又不想让旁人知道吧……我是这样猜测的……从大家的态度，我就看得出来了。我……我并非一直都像这样……我的形象看起来好像很干脆，事实却并非如此……虽、虽然……竹田好像已经看出来了……可是，我却被井上讨厌了……井上也不会认真跟我说话……”

我感到整颗心脏紧紧揪起。

琴吹同学一定觉得只有自己被排除在外，所以很不安吧？就算她外表故作坚强，内心一定受到伤害了。

“对不起，我都没有顾虑到琴吹同学的心情。可是，我并不讨厌琴吹同学啊。”

“笨……笨蛋……”

琴吹同学泪眼朦胧地抬起头来。

“笨蛋、笨蛋笨蛋……笨蛋笨蛋……”

看她哭着连声唾骂，我真的搞不懂她是在逞强还是在示弱，也不知道她到底是伤心还是生气。

“虽然我还是不太懂……很对不起。”

“既然不懂就不要道歉。我最讨厌井上的就是这个地方，不管对谁都那么温柔、那么讨好，让我看得都忍不住焦虑起来……也感到难过。井上在初中的时候……明明不是这种人……那时的井上还会笑得很开心……”

我震惊地问她：

“琴吹同学，你在初中的时候就认识我了吗？你上次在医院里也这么说过吧？”

琴吹同学欲言又止地望着我。她那仿佛天真孩童一般毫无防备的表情，紧紧抓住了我的心，令我几乎停止心跳。

小会馆里笼罩着一片沉静。

“我……”她用细微的声音说着，脸颊也泛红了，“我在初中的时候看过井上。”

“不好意思，请问是在哪里看到的？”

琴吹同学轻轻咬住嘴唇，垂下眼帘。

“井上一定不记得了吧。可是，对我来说那是很特别的。所以在那之后，我也去找过井上。一次又一次，整个冬天里每一天都……”

我不懂。竟然还是每天？到底在哪里啊？为什么我一点都想不起来在哪儿看过琴吹同学呢？

“那个时候的井上总是一副开心的模样。经常挂着笑容，看起来好像很幸福。井上的身边也总是有着那个女孩。”

我感觉像是被人迎面揍了一拳。琴吹同学抬起头来。

“井上随时随地都跟那个女孩在一起，只看着那个女孩，笑得很开心。但是，在高中再次见面的时候，井上却变得很不快乐，也没有认真对待过哪个人，只有表面装得笑嘻嘻的，表现出一副很愉快的样子。所以，我觉得好不甘心……因为，好不容易重逢，井上却已经不是从前的井上了。”

怎么办？我的呼吸变得很不顺畅。

这些话语仿佛变为一层层的枷锁，锁住我的喉头。我脉搏加速，指尖开始痉挛，脑袋昏沉沉的。

“那个”又来了。

怎么办？该怎么办？

琴吹同学皱着脸，好像又要哭出来的样子。

“五十岚学长在校舍后面血流如注倒下，更科在旁边大喊‘都是那个女人害的！’的时候，我惊觉好像看到了自己，因为我也在心中偷偷地憎恨那个改变井上的女孩。都是因为那个女孩——都是因为井上美羽，井上才会变得无法开怀大笑！是吧，是因为这样吧？那个女孩——总是跟井上在一起的那个女孩，就是作家井上美羽对吧!”

锁在我喉头上的枷锁束得更紧了！它紧紧束起，伴随着铁圈深陷皮肤般的痛楚，我的脑袋变成一片空白，整个世界都转为无声。

为什么，为什么现在还要跟我提起美羽的事！

琴吹同学似乎终于发现我的身体起了异状。

“井、井上？……”

我呼吸困难，站都站不稳了，眼前变得一片朦胧，不禁跪在舞台上。

“对不起，我迟到了。”

“心叶学长、七濑学姐你们好啊!”

芥川和竹田同学一起走进小会馆。

“嘿嘿，我在路上碰到芥川学长，所以就一起过来了。咦？心叶学长，你怎么满头大汗啊？脸色也变得好差喔。”

我按着胸口，大大地深呼吸，勉强回答：

“……因为室内有点热。我已经没事了。”

虽然我感觉脉搏还是跳得一样快，但是周遭的声音又重新传入我耳中，好像也有办法站起来了。不过，我的头依然像被揍过一样阵阵作痛，好像只要一不小心就会再度发作似的。

琴吹同学似乎对她吐露情感一事感到很后悔，她咬紧嘴唇，一直不看向我这边。

“不好意思，我被班上咖喱屋的准备拖住太久了。”

远子学姐此时也甩着长长的辫子出现了。

全员到齐，最后一次排演正式开始。

“好美的声音。”

“这一定是她的声音没错!”

“这么说来你还真幸运。”

野岛和大宫演着对手戏。

而琴吹同学刚刚说的那些话,还在我脑中徘徊不去。

——因为我也在心中偷偷地憎恨那个改变井上的女孩。

——是吧,是因为这样吧?那个女孩——总是跟井上在一起的那个女孩,就是作家井上美羽对吧!

不知怎的,琴吹同学好像误以为美羽是井上美羽了。但是,琴吹同学确实知道我和美羽的事。

她认识过去那个只要有美羽在身边就会觉得很开心、像个傻瓜一样觉得自己幸福无比、总是以恋慕的眼神望着美羽的我。

我只要回想起初中的记忆,就一定会有美羽。

早上的教室、午休时间的走廊、夕阳照耀的上学道路、回家途中绕道而去的便利商店、章鱼烧店、飘落着银杏叶片的公园、老旧的图书馆、硬被带去的小饰品专卖店……每个地方都充满了美羽的身影。绑着马尾的美羽总是带着恶作剧般的微笑望着我。

——心叶,你对我来说是特别的,所以我只告诉你我的梦想喔。

——我想要成为作家,想要让很多人看我写的书。如果可以让那些人都感到幸福的话就好了。

——我现在正在写小说喔，已经快要写完了。我会让心叶第一个读喔。

——嘻嘻，心叶，你脸红了耶。怎么了？你在想什么呢？坦白说出来吧，我绝对不会生气的。好嘛，告诉我嘛。心叶，把你在想的事情全部告诉我嘛。把你的心事全部告诉我吧。

然而，在那一天，美羽突然用锐利如刺的目光看着我。

她无视我，回避我，最后还微笑着说“心叶一定不会懂的”，就在我的面前从顶楼跳下去。

当时美羽的姿态，跟更科同学在图书馆里自残之前露出的笑容重叠在一起，充斥于我的脑海。

——你终于……回答我了。

喷出的鲜血。

愕然睁大眼睛的芥川。

——如果，早点……告诉我的话，就好了……因为我很笨……我什么都看不出来……

——对不起……

我胸口紧缩，喉咙发热。

我想挥开那些景象，却怎样都挥之不去。美羽的脸、更科同学的脸、芥川的脸一一浮现。大家都露出哀伤、绝望的表情。

我们一定是在某些地方做错了吧?

芥川并不想伤害更科同学,他只是想偿还过去的罪过。更科同学也只是一直爱慕着芥川罢了。

但是,到底是在哪里做错的呢?

我是不是也在无意之间伤害了美羽呢?我一定在某个时候,做错了某些事吧?

所以美羽才会讨厌我,因而从顶楼跳下去吧?

——当一诗说希望我去看你们比赛的时候,我是那么地高兴啊!

——一诗每次约我出去,我都打扮得漂漂亮亮,欢喜雀跃地提早到达集合地点。

芥川一直想着非得变得更睿智不可、非得更诚实不可,他介于尊敬的学长和曾经伤害过的女孩之间,经过了深重的纠葛才选择了这种行动。

当他明白这种行动才导致更大的不幸之时所体会到的痛苦绝望,也贯穿了我的胸口。

舞台上,芥川和琴吹同学正在演出最高潮的书信往来那一幕。我站在舞台的角落,心痛地看着他们。

“大宫先生,请将我当做一个独立的个体、独立的女性来看待。”

“请不要以所谓友情的石头敲碎我这个愿望。”

芥川显得很难受。他面孔扭曲、咬紧牙关、额头渗出汗水。

如果响应了、如果接受了，就会演变成最糟糕的事态。

因为经过苦思而获得的答案，也不见得就是正确的解答。

——一直——一直都是这样！我一直在做错事！我明明发过誓绝对不再犯错，绝对不再像这样伤害别人了！

——我又做错了！我就跟小学的时候一样，还是那么愚蠢！快救她！快救更科啊！

大宫内心的纠葛，跟芥川的痛苦重叠，也跟我自己的痛苦重叠了。

为何会伤害别人？

为何关系会被破坏？

——为什么一诗突然说要分手呢？

——心叶，你一定不懂吧。

——我是那样拼命地努力过来的啊！

——心叶，你一定不懂吧。

“我考虑着这封信究竟要寄出去，还是不寄的好？我真的不想寄，然而——”

台词中断了。

芥川的脸颊上滴落汗水。他干燥的嘴唇只是不停颤抖，一句话都挤不出来。他僵立在舞台上，一动也不动。

明明都这么痛苦了，为什么他还要继续演呢？

他就像非得把自己折磨到底不可。

这样的决定如果又错了，那该怎么办？

说不定又会伤害什么！

说不定又会破坏什么！

我的喉咙紧缩，全身冒出冷汗，身体像要从中裂开似的疼痛不已，我再也忍无可忍，因此握紧双拳大叫：

“够了，别再这样了！已经很够了不是吗！为什么非得痛苦到这种地步不可啊！”

芥川、琴吹同学，还有站在舞台另一角的远子学姐和竹田同学，每个人都惊讶地看着我。

小会馆里充满了寂静和紧张的气氛。我继续颤抖地喊着：

“只不过是小小的文化祭，我从一开始就没多大兴趣了。已经够了，我明天不会上台演出的。”

我的脑袋如同火烧般疼痛，喉咙像是有炽热的物体快要呕出，我跳下舞台，拿起放在椅子上的书包，就往门口走去。

“等一下，心叶学长，你是怎么啦？你明天真的不打算来吗！”

竹田同学跑过来拉住我。

我轻轻挥开她的手，低头说了一句：

“对不起。”

然后就像逃命一样离开了小会馆。

回到家后，我躲在棉被里，颤抖着喉咙持续着短促的呼吸。指尖还在痉挛，像坏掉笛子般的咻咻声从喉咙深处冒出。仿佛有人拿着沉重的铁块从左右夹住我的头一样，脑袋持续隐隐作痛。

为什么我会这么脆弱、这么没用、这么愚蠢呢？

每次碰上什么事，我的身体就会失去正常机能，然后说出小孩子似的台词，逃离现场。

芥川他们会怎么想呢？还有远子学姐……

好痛苦，快要无法呼吸了。真差劲，我太差劲了。我真是个差劲的大笨蛋。

我到底要到何时才能痊愈呢？难道一辈子都得持续这种状况吗？

美羽！

美羽！

美羽！

为什么我到现在还无法忘记你呢？

在我紧闭的眼中，野岛、大宫、杉子的台词逐一浮现。这些血一般的鲜红文字，纷纷落于被锁在永无止尽黑暗之中的我头上。

“真正陷入热恋的人，是绝不能接受失恋的。”

“那样实在太寂寞了，寂寞得几乎令人无法承受。”

“就连梦见那个女孩都会觉得不知如何是好，所以失恋是绝对无法承受的。”

“神啊，我会尽可能小心谨慎地做每件事，请务必帮我实现这个愿望。”

"求求你，请将杉子赐给我吧！请不要从我身边夺走杉子！"

"我会祈祷你得到幸福的。"

"我实在不想在野岛先生身边待一个小时以上。"

"我无法横刀夺取好朋友恋慕的女性。"

"我宁死都不想当野岛先生的妻子。"

太多的文字。

太多的话语。

悲伤的话语。

苦涩的话语。

让人心痛欲裂的话语。

——心叶，你一定不懂吧。

如果没有喜欢过你。

如果不曾跟你相遇。

如果真是如此，我就不需要承受这种仿佛被独自留在黑暗之中的悲伤、恐惧和寂寞了。

我不想再跟任何人牵扯太深了。

不想再有这种思慕。

妹妹舞花叫着"吃晚餐啰"跑了进来。

"哥哥身体不舒服吗？"

我对哭丧着脸的妹妹说"帮我跟妈妈说，我已经吃过了，现在不饿"，然后把棉被拉到头顶，躲在床上不出来。

我一定又让妈妈他们担心了吧?

我对自己的幼稚觉得丢脸到想要叹息,虽然讨厌,却又只能无可奈何地径自头痛、呼吸困难,完全不知该如何是好。

我大概在床上躺了四个小时。

呼吸总算变得顺畅时,房间里已是一片漆黑,外面也下起雨了。

听得见外面冷冽的雨声。

躺在床上看着窗户,我发现被雨淋湿的地方在闪闪发光。

我想关上窗帘,就蹒跚地起身,缓缓走到窗边。低头看向窗外,可以看见邻居的窗户玄关照出的灯光,淡淡地散布在建筑物和道路上。

在这景色中,绽放着一朵大大的红花。

有个人站在路边,仰望着我家的方向。

那位撑着红色雨伞、身穿我们学校制服的女生……

"……琴吹同学?"

我吓了一跳,赶紧冲出房间。为了不被家人察觉,我蹑手蹑脚地下楼,打开玄关大门走出去。

琴吹同学看到我出现,肩膀就强烈地震动一下,抓着伞柄的双手握得更紧,战战兢兢地垂下目光。

"……对不起。"

那细微到难以听闻的声音,几乎溶化在雨声中。

"井上会生气地跑出去,都是因为我的缘故吧……因为我说了那个女孩的事……对不起……我真的不知道该怎么办了……"

"……这不是琴吹同学害的。"

我僵硬地说着。因为我已精疲力竭，身体一点都使不出力了，实在没有心力去选择温和的用词。

“可是……”

琴吹同学缩紧身体。

“真的……跟琴吹同学没有关系。所以请你回去好吗？”

琴吹同学仰起脸来。她的眼神非常悲伤，就像受到了伤害一样，让我的胸口也跟着痛起来。

对不起……

琴吹同学嗫嚅说出这句话，就快步离去，从她制服的肩膀和背后都因雨水淋湿而变色的情况来看，我就知道她已经在雨中站了很长一段时间了。

我的胸口好难受，呼吸又快要不顺畅了……所以我禁止自己再继续想，走回家中。

我轻轻关上玄关大门，正要走上楼时，妈妈从客厅走了出来。

“心叶……你的身体还好吧？”

她担心地问道。

“不用担心，妈妈。”

“我有留下你的晚餐，还是要洗澡呢？水还是热的。”

我原本想回答不想吃饭，但是琴吹同学悲伤的眼神又在我脑海浮现，令我胸口疼痛难耐，因此我顿了一下，说道：

“谢谢。我洗过澡之后就去吃。”

我像是喉咙堵塞地吃着迟来的晚餐，总觉得食不知味。即使如此，我还是全部吃完，在厨房洗过餐具之后回到自己的房间。

即使关上电灯躺在床上，还是一直睡不着，我持续听着冷冷的雨声。

我已经不想再伤害别人，也不想再被伤害了，然而我还是伤害了琴吹同学……那些伤害也同样回到我自己身上。

或许人类这种生物就是要伤害别人才有办法活下去吧？人类就是这么愚蠢的生物吧？

我对琴吹同学说了很过分的话……

今后我要用何种面貌对待芥川、竹田同学，还有远子学姐呢？

文化祭的话剧，又该怎么办才好？

对了……远子学姐没有打电话来呢……想到这里的时候，我的意识就像泥土一般融入了黑暗中。

更科已经出院了。

母亲，我一次都没有去探望过她。

到底去探望才正确，还是不去探望才正确，该去道歉才好，还是默不吭声才好，我已经无法判断了。

我深深地伤害了她，不只是身体，就连心灵也是……从六年前的那一天开始，我一直一直在伤害她。但是，我是真的想要当一个诚实的人。

母亲，我已经无法了解诚实这个词的意义了。诚实到底是什

么东西？要怎样才能叫做诚实？对某人诚实，同时却会对另一人不诚实，不是也有这样的情况吗？

我不懂。到底什么才是正确？到底该做什么？到底该选择谁？

今天，我又收到她寄来的信了。我没办法读那封信。

为何我会那么傲慢地想过，这样的我或许也能给她帮助呢？

母亲，我真是个愚蠢的人。

补述

文化祭的话剧很可能要中止了。我一定也伤害了井上吧。

第七章

“文学少女”的心愿

醒来之后，我的头沉重得像铅块一样。

我转头看看枕边的闹钟。

不起床不行了……

可是，我不想去学校，也不想演出什么话剧。

我就像初中的时候一样，虽然啜泣着想要躲在家里，但是一想到妈妈他们担忧的模样，还是无可奈何地爬出棉被。

“早安，心叶。要不要吃早餐呢？”

“……嗯。”

培根煎蛋、涂上苹果酱的吐司、玉米汤和果菜汁，吃起来就跟昨天的晚餐一样毫无味道。

“我要出门了。”

我背起书包，走出玄关。

干脆随便找个地方去吧，像是看电影之类……或是去网吧……

我一边思考，一边走上上学道路。

“早安，心叶。”

刚下过雨、寒冷晴朗的天空洒下透亮的光芒。

远子学姐拿着罗伯特·布朗宁(Robert Browning)的诗集，站在残留着雨水味道的街道上，露出灿烂的笑容望着我。

“我来接你了，一起去上学吧。”

此时的远子学姐，就跟她把刚升上高中的我硬拉进文艺社后，为了不让我跷掉社团活动而每天到教室来接我的时候是同样表情。

那是开朗又明亮的温柔表情。

——社团时间到啰，心叶。

远子学姐合起诗集，轻快地走到我面前。像猫尾巴一样的长辫子也跟着大幅跳动。

仿佛什么事都没发生过似的，远子学姐俏皮地歪头仰望着我，让我感觉喉咙热了起来，胸口好像压着什么东西。

“……真是多事。”

我一边压抑着热气涌上喉咙的感觉，颤抖声音说：

“你总是这么多事。我再也不想管了，我也不想演出话剧。对芥川来说，这样也比较好吧。”

我像个拗起性子的小孩，远子学姐则是像母亲一般脸色温和

地问我：

“心叶不想演出话剧，是因为不忍心看见芥川那么痛苦吗？还是，心叶不想看见的是自己的痛苦？”

“都有。”

远子学姐的眉梢稍微垂下。

“是吗……可是，如果持续这种状况，心叶和芥川还是会一直痛苦下去喔。”

“无所谓……这样就好了。总比做些多余的事而失败，承受更大的痛苦还来得好一点。”

远子学姐的表情变得更落寞。

那是我最无法应付，又担心又悲伤的表情。

“昨天心叶回家之后，芥川虽然什么都没说，但是看起来也很难受呢。芥川现在不是正需要别人帮助吗？”

“我已经无能为力了。我连自己的事情都处理不好了。”

远子学姐用清澈得像流水般的声音，对低头颤抖的我说：

“我啊……看到升上二年级之后的心叶跟芥川在教室聊天的时候，觉得很高兴喔。我心想，啊啊，心叶也交到朋友了呢，我真的很为你感到开心喔。因为心叶在一年级的时候，跟谁都没有走得特别近，总是跟别人保持距离，好像只是在应酬一样。

“如果心叶能交到朋友就好了，我一直是这么想的。

“我担心的是，到明年我就要毕业了，没办法继续待在这里，这么一来文艺社不就只剩下心叶一人了吗？”

远子学姐之所以想要增加社员，并不是因为担心文艺社的存亡，而是担心被独自抛下的我吗？

她硬把芥川拉来演话剧，也是因为自己总有一天要退社，所以不想丢下我独自一人……

远子学姐声音中包含的温柔让我几乎忍不住感动落泪，我只得不断眨眼拼命地忍住。

“你真的太爱多管闲事了。你总是这样把我耍得团团转，任性地做你想做的事情……我根本就不想要什么朋友，也不想跟任何人建立交情。永远维持的关系只会出现在天真的童话里，如果轻易相信这种东西又被背叛，只会让人受到伤害。

“如果这种关系总有一天会毁坏的话，还不如不要开始。

“芥川也一样……我只想跟他像从前一样，保持那种舒服的相处方式。就是因为远子学姐做了多余的事，又叫芥川参与话剧演出，又四处调查芥川的事，才害我知道那么多不想知道的事……”

啊啊，我这样根本就像推卸责任给芥川的桃木老师了。再继续说下去的话，就会把远子学姐伤害得更深。我实在受不了自己像个孩子一样无法抑制的脾气了。再也受不了了。

“……我明明什么都不想知道……明明就不想接近任何人……如果不曾相遇就好了……”

美羽也是，芥川也是，如果不曾相遇就好了。

远子学姐垂下眉毛，哀伤地看着我。

不能再多说了。

我住嘴之后，远子学姐向我问道：

“那么，心叶也觉得没有遇见过我比较好吗？”

我抬起头来，发现远子学姐澄澈漆黑的眼睛全神贯注地望着我。

"……"

我心中一痛，眼眶发热，喉咙颤抖。

"……太狡猾了。"

没错。这太狡猾了。

这种问题太卑鄙，太狡猾了。

远子学姐至今在我面前展露过的各种笑容、温柔、言语一一浮现，我的心底深处似乎有个炽热的东西冒出来。

漫长冬天结束之后——在春天的校园里，纯白的木莲树下，我和远子学姐相遇了。

——我是二年八班的天野远子。如你所见是个"文学少女"。

——来吧，心叶，今天的题目是"西瓜""新干线"和"瓦斯桶"。时间限制五十分钟，要写个甜蜜蜜的故事喔！好，开始！

——呜呜呜，这个故事太辣了啦，心叶！

——我才不是妖怪，我只是个普通的"文学少女"啦！

那个随性所至、乐观天真、还会吧嗒吧嗒吃起纸张、毫无常识的学姐——动不动就使唤别人，还逼迫我帮她写点心——我明明就不想再写什么小说，却每天逼我写三题故事，然后一边嚷嚷着好酸好苦，还是一点都不剩地吃光。

明明那么任性妄为，却不时露出担心我的表情，还会对我说些温暖又柔和的话语。

就像芥川只有对母亲无法说谎一样，我也只有对远子学姐无法说谎。

因为，远子学姐一直看着脆弱又可悲的我。

我的胆小、愚昧，远子学姐全都看在眼里。

所以我只有对远子学姐无法说谎。

但是，她却问我“没有遇见过她比较好吗”这么狡猾的问题。

她明明早就知道答案了。

狡猾！太狡猾了！

远子学姐真是狡猾！

“呜……这种问题太狡猾了。根本是明知故问……太狡猾了……”

我的眼泪终于夺眶而出，哽咽地反复说着“太狡猾了、太狡猾了”。远子学姐走过来，伸出白皙的双手贴在我的脸上，带来一阵柔软的触感。

我心情松懈下来，低头不停垂泪，远子学姐则是以温和清澈的声音，轻轻念起话剧的台词。

“我相信你，你一定可以获得胜利。你的诚实、对事情的认真，在你身上到处可见。寂寞时，我将追随你左右，请坚强地走在自信的道路上，你的路途还很遥远，现在，你只是还没找到你的伯乐罢了。但是，现在你还是必须负起自己的使命。”

我断断续续地说：

“这些……又不是杉子真正说过的话，只不过是野岛的妄想吧。”

“是啊，可是我并不是心叶的妄想。”

远子学姐的手离开我的脸颊，抓起我的手，按在她的心脏上。

“我就真实地站在这里。”

那知性的眼眸笔直凝视着我。

远子学姐的心脏，在制服上衣和衬衣中持续跳动。一阵阵律动从我的掌心传来。

远子学姐的胸口又平又薄，却很温暖，我在远子学姐胸前肌肤强烈感觉到她存在的证据。

扑通……扑通……

泪水止不住了。

喉咙、胸口仿佛快要迸裂，就像漏水的水龙头一样，滚烫的泪水不停流出。

我从掌心感觉远子学姐的心跳时，也发觉到一件事。

经过美羽的事件之后，我原本抱定主意再也不要跟人牵连太深，但我其实已跟远子学姐建立了深刻的关系。

我也发觉，只要像这样在远子学姐面前哭泣，吐露真心，感觉远子学姐手上的温暖，我就能够再次站起。

没有遇见过远子学姐比较好的想法，是绝不存在的。

"好了，不要再哭了。我借你手帕吧。"

远子学姐放开我的手，掏出一条水蓝色的手帕。我接过手帕按在脸上说：

"……这条手帕是我借给远子学姐的。"

"咦!"

"……大概是三个月前的事了。"

"是、是吗？我不太记得了……"

远子学姐扭扭捏捏，很不好意思地说着。

“把脸擦干净之后，一起上学吧？”

“好。”

我先在校内的洗手台把脸洗干净，才走进教室。

教室已经在昨天改装成泡沫红茶店了，里面摆着椅子，还有并起课桌做成的大桌子，同学们提供的漫画也都排上书架，展示用的动画人物图片也挂上墙壁了。

“芥川已经来了吗？”

我问着同学，然后得到“他正在弓箭社晨练”的回答。

我去到射箭场，看见换上箭装的芥川独自对着箭靶练习。

他持弓拉弦，伸直腰杆，用严肃僵硬的表情凝视靶心，射出箭矢。

箭从靶旁掠过，插在竖于靶后的榻榻米上。芥川看着那支箭，皱起眉头。

“芥川。”

我一叫他，他就惊讶地转头。

“井上……”

“昨天真是对不起。我也有件事情一直在烦恼，所以太过焦虑，才会想要逃走。但是，我已经不再逃避了。所以你也愿意跟我一起演出话剧吗？我们一起站上舞台，面对自己害怕的事物吧。”

芥川的表情越来越惊讶，他目不转睛地看着我。

我也抬起脸来，笔直地回望着他。

无畏地、堂堂正正地，面带微笑望着他。

芥川眼中浮现的惊讶神色，也逐渐变成积极的决心。

“好的。”

他点点头，露出一丝微笑。

这一瞬间我仿佛感到，我们之间的爽朗气氛，与早晨清新的空气一起流进体中。

换回制服的芥川回到教室后，似乎变得比较开朗了。

他不是还有问题没解决吗？

这时，跟琴吹同学交情一向不错的小森朝我走来。

“啊，井上同学，大事不妙了！七濑刚刚晕倒，被送到保健室去了！说是得了感冒！现在发烧得好严重耶！”

“什么！琴吹同学？”

我跟芥川一起冲到保健室，看见琴吹同学满脸通红地躺在病床上，痛苦地喘息。

“对……对不起，井上。我……”

她哭丧着脸看着我。

“……我会上台演出的。”

她断断续续地说着。那种拼命逞强的模样，让我的心都痛起来了。

“别硬撑了，你还是联络家人，早点回去休息比较好吧。”

“可是，这样的话就会给大家添麻烦。”

“这又不是琴吹同学的错。琴吹同学会感冒，都是我害的。”

没错，琴吹同学会感冒都是因为长时间站在雨中，所以我觉得自己应该负责。

“没问题的。话剧的事就交给我们吧。”

我以百分之百的真诚笑脸这么说着，琴吹同学的眼眶又湿润了。

“……嗯。”

“咦！小七濑发烧晕倒了？”

在班级的咖喱屋里女仆打扮、担任女服务生的远子学姐眼睛圆睁地大喊。

“远子学姐，你可以代替琴吹同学饰演杉子吧？如果是远子学姐，一定早就把全部台词背得滚瓜烂熟了吧？”

“那野岛的角色怎么办呢？”

“就让我来演吧。”

我立刻回答之后，远子学姐先是讶异地看着我，然后立刻笑着点头。

“我知道了。”

芥川也问道：

“井上去演野岛的话，那早川要叫谁演？”

“反正早川的台词很少，我们视情况用即兴演出带过就好了。”

“是啊，就这么办吧。距离演出没剩多少时间了，非得尽快跟千爱说一声才行。”

此时抱着素描本的麻贵学姐出现了。

“哈啰……远子……我来参观你穿女仆装的模样了。真不愧是货真价实的美少女，不管穿什么都很合适呢。”

“啊啊,你来这里干吗啦! 我不是跟你说我下午才开始值班吗!”

“那种三流谎话怎么可能骗过我呢。来吧,别再挣扎了,让我画你的素描吧。”

远子学姐脱下围裙,硬塞给麻贵学姐。

“我们发生了紧急事态,现在非走不可。”

“啊,远子同学! 轮班的时间还没到啊……”

跟远子学姐同班的其他女服务生慌忙地想要阻止她。远子学姐却指着麻贵学姐说:

“让这个人来代班,尽管使唤她吧!”

“呃,咦咦咦咦咦! 远子同学!”

我们在校园里的摊位找到穿着短袖外套在卖章鱼烧的竹田同学,谈过变更表演方式的事情,换好戏服冲进体育馆时,已经是演出前五分钟了。

我和竹田同学站在舞台一角,一边喘息一边调整呼吸。

站在舞台另一端的远子学姐和芥川,应该也准备好了吧。

“总算是赶上了。”

“呃,是啊。”

“心叶学长今天没有丢下话剧真是太好了。因为,心叶学长是叫我‘活下去’的人。”

我悄悄地望向竹田同学,她脸上并没有笑容。她的表情,还有细微的声音,同样显得平静淡然。

“我跟竹田同学是一样的,我一直戴着面具,避免跟任何人产生太深的关联。但是，我总觉得如果可以成功演完这出话剧，就有办法跨越自己的障碍。不只是我，芥川也……”

“那么，就让我见识见识吧。这么一来，或许我也能拥有希望。”

舞台就像永夜一般黑暗，完全看不见对面的情况。

现在芥川在想什么呢？

我想跟他一起跨越障碍。

我在心中深深地期盼。

期盼愿望可以成真。

开幕铃声响起，我们同时走向昏暗的舞台。

在月光般的聚光灯下，我由右而左、芥川由左而右，缓缓走到紧密盖住的布幕前。

“这是我和好朋友大宫，以及我所爱女性的故事。”

我的声音经由别在衣领上的麦克风，静静地流泄到体育馆中。

然后，芥川低沉稳重的声音也……

“这是我和好朋友野岛，以及他所爱女性的故事。”

布幕慢慢升起，舞台中央亮起第三个聚光灯，照亮了远子学姐纤细的背影。

她的乌黑长发披散到腰间，后脑绑了一个大大的蝴蝶结。身穿艳丽樱花色的振袖与胭脂色的裤裙。

“我第一次见到杉子，是在帝国剧院二楼的正面走廊。”

我们不是职业演员，演得不好也是情有可原。我只是在脑中想象野岛这个人物，试着把他的心情和自己的心情重叠，努力把台词念得响亮清晰。

芥川现在的声音也显得很平稳。

远子学姐摇曳着长发转过身来，爆满的观众席上扬起一阵惊叹。

那是因为解开发辫的远子学姐太美丽了，她怎么看都像个无懈可击的美少女，全身还散发着古早淳朴时代的文学少女气质，仿佛一朵报春的堇花。

“仲田先生在做什么？”

“哥哥正在练习插花。”

远子学姐在饰演野岛时，情绪总是很亢奋，换成饰演杉子却能抑制得恰到好处，她念起台词的声音，还有对野岛低头行礼的婉约动作，在在显得清纯而楚楚动人。

野岛以爱慕的心情目送杉子优雅离去。

啊啊，她就像大自然里绽放得最美的一朵花。

既温柔又娇贵，仿佛梦一般的存在。

“何等高贵的女孩啊！我会成为有资格当她丈夫的男人。神啊！在那之前请别让她嫁给别人！”

这种虔诚祈祷的心情，我也曾经体会过。

只要看着喜欢的人，就会感到幸福喜悦，一旦爱上那个人，就会毫不厌倦地幻想各种美妙的情节，愚蠢地单方面爱慕着对方。

我对美羽的情感，逐渐重叠上野岛对杉子的情感。

看在旁人眼中，或许只觉得这是愚昧的妄想，是一厢情愿的过分幻想吧？

或许我从来不曾理解美羽的心思。

但是，喜欢她的这种心情，是绝对假不了的。

我握着球拍，和杉子隔着乒乓球桌对打。

野岛爱慕对象的嘴唇浮现愉快的微笑，每当她挥动球拍，那长长的袖子就像蝴蝶翅膀一般翩翩飞舞。

如果此时此刻能永远停留就好了，野岛一定也这么想吧？

“世上怎么会有如此纯洁、如此窝心、如此可爱的女孩呢！神让她出现在我面前，如果最后却不让我得到她的话就太残酷了。”

“这种喜悦究竟来自何处？难道是凭空而来？若是凭空而来应该不会如此深刻。”

“我无法不去爱她，无法想象失去她、拒绝她。神啊！请怜悯我吧！赐给我们两人幸福吧！”

虽然野岛如此深爱杉子，杉子爱的却是他的好朋友大宫。

大宫不断意识到杉子对自己的好感，所以他对杉子故意表现得很冷漠。很讽刺地，这种态度却使得杉子的心越来越靠向大宫。

“我来代替野岛上场吧！”

大宫走到球桌前，面对着杉子。芥川演起对杉子毫不留情发动攻势的大宫，表情十分刻板严肃，清楚而沉痛地表达出大宫内心的纠葛。

芥川能够展现这种演技，想必也是深受自身的纠葛所苦吧。

自从六年前的事件后，芥川立誓要变得更诚实、更睿智。

升上高中以后，当五十岚学长要求他帮忙介绍更科同学，还有更科同学想跟五十岚学长分手而找他商量的时候，他必定经过一番天人交战。

在他清楚感受到更科同学的爱慕时，一定也着实品尝了无法接受对方心意的苦楚，还有对五十岚学长的强烈罪恶感，因而受尽煎熬。

他用平静的表情隐藏这种痛苦整整一年，不曾对谁吐露半点怨言，只会写信给一直躺在医院的母亲藉以纾解心情。

他这种笨拙，这种不容转圜的诚实，我实在不愿予以否定。

无论他的做法再愚蠢、再不正确，我也不愿否定。

因为芥川是想尽办法，才选择了这条道路。

剧情渐渐迈向高潮。

大宫为了切断自己对杉子的情丝，毅然决定留学海外。

“我会祈祷你得到幸福的。”

他带着沉静的微笑，对前来送行的野岛这么说。

站在一旁的杉子，则是以泫然欲泣的眼神望着大宫。

心情逐渐重叠了……

野岛、大宫，以及杉子……

当我看着这个故事，仿佛可以从剧中人物身上看见自己的影子。

翻着书页时，自己好像也跟着他们一起开心、欢笑、悲伤、苦恼、呐喊、流泪。

野岛对杉子求婚了,而杉子的回答却是拒绝。

野岛把大宫从国外寄来的贝多芬石膏面具戴在脸上,瘫坐在舞台中央。我以野岛的心情低声啜泣。

真正陷入热恋的人,是绝不能接受失恋的。

所有希望在瞬间被击得粉碎,整个世界笼罩着黑暗,心脏像被切成碎片一般痛苦难耐,不知该怎么继续活下去。

神啊! 为什么要把惟一重要的事物从我身上夺走呢?

美羽,我至今仍然无法忘记你。每当想起你的事情,我就无法呼吸、心痛欲裂。为何你要拒绝我,离我而去呢?

台上转为黑暗,大宫神情凄苦地站在舞台右方。柔和的灯光照在他头上。

“最敬爱的朋友,我是来向你请罪的。你只要看了某同人杂志刊登的小说就会明白。那是我的自白,请你惩罚我们吧。”

一盏聚光灯,从蹲据舞台中央的我的头顶打落。我焦急翻着手制的道具杂志,低头阅读。

杉子出现在舞台左侧,以思慕的神情遥望着站在右侧的大宫。

接着,在柔和灯光之下,大宫和杉子交互读出刊登在同人杂志上的信件内容。

“大宫先生,请不要生气。我是鼓起了很大的勇气才写这封信的。”

远子学姐清澈悲切的语气,述说着杉子对大宫的思慕。

相反地,大宫却坚定地拒绝杉子,还要求她试着接受好友野岛的心意。

“你还没真正了解野岛的优点。我希望你能看到野岛的心灵深处。”

“大宫先生，请将我当做一个独立的个体、独立的女性来看待。忘了野岛先生的事吧。我就是我！”

“你一直把我理想化了。假如你和我在一起了，那也绝非你的幸福。”

“我觉得您在说谎，真的在说谎！”

你来我往的台词充满紧张感。

远子学姐的声音包含无比的热情，她被聚光灯照亮的脸颊泛起红晕，眼神热切地湿润了。

相较之下，芥川的表情却变得越来越阴沉僵硬。

“我真的不知道该如何回信才好，我迷惘了。我很想和野岛谈谈，可是却没有勇气。这对野岛太残忍了。”

每说一句台词，芥川的眉头就痛苦地纠结在一起。他握紧的拳头不停颤抖。

芥川的心痛、苦楚，也刺进了我的胸口。

他规范自己非得诚实不可，因此对决断感到畏惧。

过去发生的事件，将芥川的心层层捆绑，牢牢束缚。

请你千万不能认输！斩断那道束缚吧！

你没有错！

你是诚实的！

所以，请你继续向前迈进吧！

“我考虑着这封信究竟要寄出去，还是不寄的好？我真的不想寄，然而——”

台词中断了。

芥川表情扭曲，愕然地睁大眼睛，仿佛受到巨大冲击似的望着观众席。

观众席从前面数来第三排的正中央，坐的是喉咙上扎着绷带的更科茧里。

我也惊愕地吸了一口气。

更科同学神情悲切地仰望芥川。

芥川微微张开的嘴唇颤抖，全身僵硬。然后他紧闭双眼，双手抱头，呼吸也变得急促。

那副样子简直就跟发作起来的我一模一样。

整间体育馆静得出奇。

芥川原本就一直说不出大宫的这句台词，更雪上加霜的是更科同学还出现在他面前，在这种情况下，他更不可能说得出来了。

即使我想要冲过去，在舞台上也无计可施，正当我心急如焚时，一道清澈的声音传来。

“大宫先生，请听我说一个故事好吗？”

是杉子……

不，远子学姐走到舞台正中央。

你又想要干吗啊！远子学姐！

因为这是无从预料的行动，灯光延迟片刻才追上远子学姐。

“这个故事包含了您至今用以决断事情的重要‘真实’。请您不要捂上耳朵，务必仔细聆听。”

炫目的光辉中，远子学姐摇曳着乌黑的长发，眼神闪闪发亮地开始诉说：

“主角是一位礼仪端正、能文能武的优秀少年。

“另外还有两位角色，都是少年的同学。其中一位跟少年类似，是个认真乖巧的长发少女，另一位则是不善交际、眼神冷漠的短发少女。

“两位少女都同样爱慕着这位少年。”

芥川猛然抬头，惊讶地看着远子学姐。

更科同学也睁大眼睛，流露困惑神情。

观众或许以为这也是演出的一部分吧？虽然也有人露出讶异的表情，不过大部分观众还是被远子学姐的声音和动作吸引，认真地观赏舞台表演。

站在舞台角落的我，也紧张地看着远子学姐。

这位“文学少女”打算怎么解读芥川那段充满辛酸悲叹的故事呢？

远子学姐能够引出芥川的台词吗？

“第二学期开始后，少年和长发少女换到邻近的座位，两人因此成为朋友。长发少女和父母感情不睦，时常为此感到苦恼。少年会认真倾听她的烦恼，还为了鼓励她，把自己姐姐的旧书送给她。

“而短发少女总是站在远处，不甘心地看着这两人。所以少年误会了，以为短发少女讨厌自己。

“其实短发少女也很喜欢这位少年，只是她看见长发少女和少年在一起，就像一对郎才女貌的优等生情侣，因此无法坦率面对自己的心情。”

观众都竖耳倾听着似乎跟剧本主线毫无关联的故事。

体育馆中就像夜晚的森林一样沉静，只有远子学姐清澈的声音缓缓流动。

“短发少女很想要一样东西，那就是兔子娃娃。据说把这兔子娃娃当作恋爱护身符带在身边，就可以跟喜欢的对象两情相悦。短发少女或许是在贩卖兔子娃娃的商店前，央求母亲买下吧？就这样，她终于得到了兔子娃娃。

“如此一来少年或许会注意到自己吧？短发少女忍不住感到喜悦。但是，长发少女也有同样的兔子娃娃。

“而且，那还是少年送她的礼物。

“短发少女又伤心又生气，因此怀着愤恨把长发少女推下池塘。”

很明显地，故事主角的少年就是指芥川，而长发少女是鹿又同学，短发少女是更科同学。

故事说到途中时，更科同学的双手在膝上紧紧握起，难受地低着头。

远子学姐继续说：

“但是，少年心中挂念的对象并不是跟他交往密切的长发少女，而是那位短发少女。”

“!”

更科同学惊讶地抬起头来。

我也为之愕然。

少年喜欢短发少女？这不就等于说芥川在小学时喜欢的是更科同学吗！

芥川讶异地望着远子学姐，我也无法判断那到底是肯定还是否定的表情。

远子学姐微笑着说：

“您不相信吗，大宫先生？您想取笑我的故事只不过是‘文学少女’的妄想吗？我所说的故事，并非毫无根据。

“重点就是那只兔子娃娃。

“少年向其他朋友说过，那只兔子娃娃是生日礼物，因为他不好意思自己走进女孩聚集的商店，所以才找长发少女一起去选购。

“光是听到这里，或许您会认为少年要将兔子娃娃送给长发少女当做生日礼物吧？但是，这是不可能的。”

远子学姐凛然望向观众席，断言说道。体育馆里越来越安静，所有观众都吞着口水等待远子学姐继续说下去。

更科同学则是僵硬得像石块一样。

“我先在此透露一点提示吧。长发少女的名字叫做‘笑’，她父亲说过，会取这个名字是因为她出生时‘山峦笑了’。

“大宫先生，如果您对俳句有些许心得，应该明白‘山峦笑’是指怎样的景象吧？没错，‘山峦笑’就是形容草木新生，山峦开始变得青绿的春天景象。也就是说，长发少女是在春天出生的。而长发少女和少年变得亲近是在暑假之后，少年把兔子娃娃送给她则是在秋季结束时，离她的生日还很久。

“但是，少年为何对朋友说‘那只兔子娃娃是生日礼物’呢？

“少年说谎了吗？

“不是的，您应该会想到，那只兔子娃娃原本是要送给其他人的生日礼物吧？少年因为不好意思自己去那间店，所以才请长发少女跟他一起去选购‘某人’的生日礼物。

“事实上，短发少女的生日就在秋天，而她一直很想要那只兔子娃娃。”

凝视着舞台的更科同学受到强烈的震撼。

这点芥川也是相同的。

身着振袖和裤裙的远子学姐以轻快的口吻侃侃而谈。

原本沉重苦涩的故事，因此染上了温柔淡雅的色彩。

“您知道吗，大宫先生？即使您对待我始终冷淡，我却因此更加仰慕您。每当我受您忽视，感到悲伤时，对您却也越来越倾心。

“这位少年或许也跟我的情况相同吧？或许他也在不知不觉间，对那位只能远观而无法接近的少女动心了吧？

“因此，当他偶然看见少女显露出少有的温柔和脆弱，一定忍不住爱上她了吧？这就是我的想象。”

我回忆起，在某个黄昏的上学道路上，芥川对我说过的话。

——如果见到女生出人意料的一面，我就会忍不住在意起她。譬如平常看来盛气凌人的女生，却无意见到她躲起来哭泣的模样之类。

芥川或许曾经看过更科同学这种模样，因而受到她的吸引吧。

面露惊色看着远子学姐的芥川，轻轻垂下视线，露出悲切的神色。或许是因为想起了更科同学的事吧。

远子学姐的口气也渗入了淡淡的哀伤。

“兔子娃娃是要送给短发少女的生日礼物，但是，因为短发少女已经有相同的东西了，少年当然没办法再送这样东西给她吧？后来，变得毫无用武之地的兔子娃娃就被转送给长发少女。说不定，是长发少女自己要求说‘那干脆送给我吧’。不，说不定长发少女打从一开始就知道短发少女已经拥有一只兔子娃娃了……

“因为，对长发少女来说，短发少女就是情敌。

“所以，她或许也对短发少女炫耀过成为自己囊中物的兔子娃娃，声称那是少年赠送的吧。虽然这故事从头到尾都只是我的‘想象’——但是女人不管年纪多小也还是女人，会做出这种事情也是很合理的。”

远子学姐垂下眉梢，表情悲伤地继续说着：

“长发少女后来转学了，临走之前她去见了短发少女，请对方帮忙送还少年赠送的旧书和兔子娃娃，还向短发少女道歉。

“为何长发少女不直接把东西还给少年呢？为何要特地交给短发少女呢？从这一点也可以推测出，长发少女早就知道少年喜欢的是谁，因此把兔子娃娃据为己有这件事让她感到相当愧疚吧。”

不知何时，更科同学望着远子学姐的表情已经转为哀伤。

六年前，还是小学生的更科同学切断兔子吊饰的头，割下《橘子》，送给芥川。

但是这并不能怪她，因为她自己也同样受尽痛苦与折磨。

远子学姐的袖子轻轻飘动，她再次转向芥川。

“大宫先生，或许您会觉得疑惑，不知刚才那个故事跟自己有什么关系吧？不过，他们的故事中却隐藏着能让您以自己的力量开创崭新未来的重要‘真实’。

“大宫先生，您害怕接受我。

“您也害怕未来可能变得天翻地覆。

“您更打从心底畏惧着，自己的决定会不会破坏一切，让整个世界陷入失控吧！

“没错，就像那位少年虽然想要秉持诚实最后却伤害了两位少女一样，您也畏惧着会不会因为自己的愚昧，而挑了‘错误的’选项吧！

“可是，大宫先生！他们虽然彼此伤害而分离，但是没有人说他们的未来就非得过得凄惨痛苦啊！何止如此，说不定他们还能开创出一片光明的未来呢！”

芥川的脸上显现出冲击。

这位“文学少女”笔直地看着他，以强而有力的语调说：

“合上书本，故事就会因此终结吗？不是的！这种阅读方式太过肤浅了。所有的故事，都会在我们的想象之中无限延伸，而那些角色们也会继续活下去。

“我们可以把结束的故事想象得充满光明和希望，也可以把它想象得黑暗而绝望。所以，身为‘文学少女’的我也可以为他们想象出一个崭新美好的未来！

“转学之后的长发少女，在新环境里跨越悲伤，和父母获得和解，她一定可以藉这脱胎换骨的心情重新振作！

“而短发少女虽然又遭遇了难过的事，失去重要的人，也伤害了自己，但是，那一定只是因为未来的成功而提前受到报复，将来她必定会体验到种种想象不到的幸福！她将会愉快地度过每一天，努力变得乐观积极，被众人所爱，也可以发自心底爱那些人吧！”

仿佛从云层缝隙投射而下的一线光芒，远子学姐以坚决而温柔的声音凛然喊出：

“大宫先生！我们同样被各式各样的事情束缚着。被家人、朋友、情人，被愤怒、喜悦、哀伤、愤怒所束缚！

“您或许会想，这些对人来说都是必须的，若是切断了这些事物就无法继续生存。但是，人就是切断母亲和自己的联系，才能诞生在这个世上。如果不试着斩断过去，就无法迈向未来。

“有时必须破坏原有的一切、受尽伤害，才有办法了解某些事、见到某些风景、体会到某些心情。

“我之前说的故事，除了叙述人们的愚昧和悲哀之外，也是一个‘重生的故事’，更是‘开拓的故事’！这个故事真正要述说的，是要鼓励人们开拓美好的未来啊！而且，我们之间的这个故事也是！”

远子学姐双颊泛红，眼中像是有无数星辰闪烁。

她的声音充满了澄净的希望。

远子学姐叙述的未来风貌，芥川一直用惊讶的表情聆听。而坐在观众席上的更科同学，已经全身颤抖地开始啜泣了。

“您知道在白桦派某位知名文人的小说中，写过一位了不起的真理先生吗？穷究着真与美的他曾经这么说过：‘如果不去亲自体验，就无法理解真正的人生！当无法忍耐的时候，就尽情地哭吧！光是忍耐，并不能让我们获得重生的力量。人生就是因为有无法忍耐的事，所以人们才能获得重生！’

“把真理先生呈现在世人面前的这位文人，也写出不少故事来歌诵人类拥有的坚强和善良，他相信人类、深爱人类，不断以毫无赘饰的率直词语描写着重生的故事啊！

“当然他有时也会不相信他人，甚至不相信自己，有时也会感到痛苦挫折而驻足不前。不管是谁，只要是人就会碰到烦恼痛苦，不可能有毫无烦恼的人，也不可能有不曾伤心难过的人。这个世上，不会有不曾遭受过任何失败的人！

“因为，只要是人，大家都是愚者！

“我和您，还有所有故事中的人物，活在这个世上的人们，每个人都有各自愚昧的部分。如果人不愚昧，就不会有艺术和文学了！没错，我们每一个人都是愚者！学校和社会都是愚者聚集而成的。您应该要有这种理解啊！”

芥川眼中的阴影渐渐消失，仿佛漫漫长夜退去，从噩梦中缓缓醒来一般。

他原本僵硬的表情变得柔和，浮现出所有苦痛被洗刷一空的清爽神情。

远子学姐至此已经用上全身力量在说话了。

聚光灯的光线，在昏暗的舞台上把远子学姐的身影照得鲜明耀眼。

她乌黑亮丽的长发、汗水沾湿的额头、脸颊和颈项，就像夜空的星曜一样闪闪发光。樱花色的嘴唇没有片刻停止，源源不绝地吐出强韧的字句。

“请不要再忧心能不能变得更明智了！也不要再用层层枷锁束缚自己了！

“请试着想象未来有多么光辉灿烂、多么值得称庆吧！有时或许会因过度的想象而招致失败，或是会有悲惨或令人羞耻的想象，因为错误的想象而伤害别人当然是错误的。但是即使犯错，即使跌倒，只要再站起来，继续往前走就好了！

“当您觉得痛苦难耐，只要想着那是因为未来的成功而提前受到报复就好，也别因此颓靡丧志。既然我们都是愚昧的，那我们就永远当个心系崇高理想的愚者，当个无畏失败勇于前进的愚者吧。

“就算愚昧也好，您只要依照您的方式、您的声音、您的言语、您的想法、您的真实来行动就好！请让您自己的心来决定您的道路吧！”

我的脑海浮现出染上温暖暮色的天空。

晴朗的、柔和的橙色天空……

色彩鲜艳的橘子，一颗，两颗，被抛上半空。

远子学姐白皙的手，一次又一次地抛起橘子。

三颗，四颗，五颗。

一边带着充满朝气的笑容、温柔的眼神、摇曳的长辫子，以及清澈的笑声……

累积在我心中的郁闷，全都溶化在那酸甜的香气里。

芥川抿紧嘴唇，眼中浮现坚决的光芒。

“我还是把信寄出了。野岛啊，请原谅我！”

这句话说得虽然低沉，却十分清晰。

这是芥川对过去的诀别。

我明白，更科同学也明白。

更科同学已经不再颤抖了。她的脸上虽然泪痕未干，但她依然仰起脸庞，祈祷般地望着舞台。

芥川挺拔站着，朝远子学姐伸出右手，以燃烧着热情的眼神叫喊：

“我所爱的天使啊！随着武子一同到巴黎来吧！把你从婴儿时代开始的所有照片都给我吧！我即使失去全世界，也不愿意失去你。但是，如果能和你一起获得全世界，我会开心得高呼万岁！”

远子学姐牵动嘴唇，迷人的微笑在她脸上扩散开来。

她一头乌黑长发像羽翼般展开，朝芥川奔跑而去。

聚光灯追着远子学姐。

然后，照着芥川的灯光，跟照着远子学姐的灯光两两重叠，合而为一，远子学姐带着喜不自胜的表情敞开双手，热情地飞奔到芥川的怀里拥抱他。

“谢谢您，谢谢！大宫先生！谢谢！”

其实杉子在这时应该要带着微笑慢慢走向大宫，而大宫也要走向杉子，然后杉子把手放在大宫的掌心，两人相视微笑才对。

但是，远子学姐真的太高兴了。

芥川被猛然抱住时还有点吃惊，但是很快就恢复成开朗的表情，他也轻轻地搂住远子学姐。

就整体演出来说，这是无可挑剔的精彩场景，角色的演技也完美无缺，但是老实说，当我看着这一幕时真的有点嫉妒。

远子学姐也太亢奋了吧。

我会感觉心乱如麻，既懊恼又悲伤，或许是因为太投入于野岛这个角色吧？

舞台转为阴暗，幸福的情侣消失在黑暗中。

我坐在舞台中央，愕然低头望着那本同人杂志，聚光灯打出我孤单的身影。

大宫以友情换取了最爱的女性，然而野岛却同时失去了好友和最爱的女性。这是多么难以承受的痛苦和绝望啊。

但是，就像远子学姐说的一样，如果不试着斩断过去，就无法迈向未来。

有时必须破坏原有的一切、受尽伤害，才有办法了解某些事、见到某些风景、体会到某些心情。

现在的我也想要相信这句话。

我想要相信，在黑暗的尽头一定可以开创崭新的世界。

我也想要相信，有些交情就算失之交臂、互相仇视、彼此伤害、背道而驰，仍然可以再度牵手言和。

所以，我也不再害怕下决定了。

我撕裂同人杂志，站起身来，把大宫赠送的面具摔在舞台上。

石膏面具发出碎裂声，白色的碎片四处飞散。

我对着观众席大叫，就像要尽数摆脱过去的束缚与枷锁一般。

“我会独自承受一切，孤独寂寞将为我带来新生。也许有一天，我会在山上和你们握手，但是在那之前，先让我们分道扬镳吧！”

我两腿发软，再次跪倒在舞台。

慢慢转暗的灯光中，我颓丧抱头，低声嗫嚅说：

“我终于耐得住寂寞了。今后我更必须独自忍受。神啊！请帮助我！”

是的，将来我恐怕还是必须躲在床上独自哭泣吧。

恐怕还是会感到后悔和绝望吧。

也一定会有“再也忍受不了这种痛苦”的想法吧。

然而，哭泣过后，还是要站起来继续往前走。

真正的故事才会因此展开。

跪在黑暗中的我，听见了几乎撼动体育馆的热烈鼓掌和欢呼。

终章

朋友

演出结束后，更科同学来到作为演员休息室所用的教室，她眼睛还红通通的，但是却整个人却显露出焕然一新的气息。

“我让你添了很多麻烦，真是对不起。我以后不会再找你了……我一直很怕一人独处，因为我的父母总是在吵架，我从小到大生日都是自己一人度过的，所以我才会希望有个人可以陪我过生日。但是，我现在已经可以承受了。看过你们的话剧之后，我是这么想的。”

“我才想跟你道歉。”

芥川对更科同学深深鞠躬。

更科同学和芥川……果然还是显得很落寞。

“不好意思，我有东西想要给你们两人看。”

远子学姐开朗地说着，然后拿出一本初中校刊。

“我本来想在演出之前就让芥川看的，可是小七濑突然晕倒，我一时手忙脚乱，所以没时间拿给你。请看夹着书签的地方。”

芥川讶异地接过校刊，翻开夹着淡紫色书签的那一页。

我们也围在旁边一起看。

然后，手写的标题和名字出现在我们的视线里。

——“采橘记”　二年一班　鹿又笑

“这篇难道是鹿又同学的作文？”

远子学姐笑而不答。

芥川和更科同学都迫不及待地读下去。

“上星期日，我和爸爸妈妈一起去附近的果园采橘子。”

由这句话开始的作文，描写着一家大小和乐融融的温馨采橘光景。而且还提到了另一件事。

“我跟父母一起吃着橘子的时候，就想起芥川龙之介的那则短篇小说《橘子》。以前我曾经跟朋友一起读这篇故事，当我刚转学，觉得很寂寞时，常常会读这篇故事来鼓励自己。这是我最喜欢、最珍惜的故事。”

读着这篇作文的芥川和更科同学，脸上都浮现混杂着悲伤的笑容。

远子学姐温柔地说：

“我在舞台上述说的未来，其实也掺杂了一些‘真实’喔。”

跟父母感情不睦，不得不割破课本来纾解心中郁闷的鹿又同学，在新环境里跟父母改善了关系，过着平静安稳的生活。

鹿又同学已经脱离不幸，也不再憎恨别人了。过去的事情，都被她当做温馨的回忆收藏在心里。

芥川和更科同学知道这些事之后，心情一定会变得开朗安详吧。

没错，就像看见飞舞在黄昏天空的橘子那样……

他们两人都流露出释然的表情。

更科同学喃喃说道：

“我一直很讨厌芥川龙之介的《橘子》。但是，我会试着再读读看的。因为我感觉现在的我，一定可以用全新的心情去读……”

更科同学正要离去，就被芥川叫住。

“‘小西’，那个兔子吊饰的确是打算送你当生日礼物，所以才请鹿又帮我挑的。那些叙述也是‘真实’的。当我经过你家，看到你独自在院子里哭泣的时候，我就开始喜欢你了。”

芥川说的并不是“更科”，而是“小西”。

我在医院问芥川是不是喜欢更科同学的时候，芥川确实流露哀伤目光说“我是喜欢过她”。

那是毫无隐瞒的真实。不只是因为罪恶感，而是因为对方是自己小时候喜欢过的人，所以芥川才无法丢下更科同学不管吧。

更科同学眼眶湿润地微笑着。

“谢谢你。再见了，一诗。”

更科同学前脚刚走，麻贵学姐就踏进教室。

“大家辛苦啦！你们的话剧真是太棒了！远子！看在你们演出如此感人的分上，叫我穿着女仆装在咖喱屋当女侍的事情我就不跟你计较了。”

“女侍！你真的做了吗？而且还穿着女仆装？”

我忍不住大叫，麻贵学姐则是豪气干云地回答：

“我哪次拒绝过远子的请求啦？对了对了，远子，你寄宿家庭的浪荡子也来参观咖喱屋了喔。”

“你说流人吗？”

“是啊，身边还跟着一大群女孩喔。那位少爷可真是一点都没变。我要去帮他点餐时，他竟然说‘我看到全世界最恐怖的东西了’，眼珠子瞪得快要掉出来，所以我就踢了他坐的椅子脚，让他跌得四脚朝天喔。”

她说完之后就嫣然一笑。

我一想到这位学姐穿着女仆打扮，说出“欢迎光临”的模样，就对流人的发言感到深切地认同。不过这种想法如果说出口，说不定我也会当场被她踹翻吧。

“谢谢你，麻贵。不管是话剧还是其他的事……有麻贵在真是太好了。”

平常视麻贵学姐如洪水猛兽、避之唯恐不及的远子学姐，很难得地坦率道谢。

看来那本校刊很可能也是麻贵学姐藉由某种管道获得，再交给远子学姐的吧。

但是，这次的“报酬”会是什么呢？

麻贵学姐眼睛闪闪发光，似乎感到很满足。

“我的爱终于传达到你的心里了吗？那我如果现在拜托你，你愿意脱吗？”

“我才不脱！”

远子学姐红着脸大叫，麻贵学姐就笑嘻嘻地说：

“真可惜。算了，也好啦。反正我也拿到‘报酬’了。”

远子学姐哑口无言。

麻贵学姐向我贴近，轻声地说：

“等一下音乐厅要举行管弦乐社的演奏会，心叶你一定要来喔。有很精彩的东西要让你看看。”

“啊啊！你在胡说些什么啦！”

麻贵学姐朝着焦急挥舞和服袖子的远子学姐抛去一个充满爱意的秋波，然后就走了。

“唔？精彩的东西，会是什么呢？”

在后面听见我们对话的竹田同学歪着头问。

“无、无所谓啦，千爱，不要在意这种事了！心叶也是，绝对不可以去看管弦乐社的演奏会喔！”

后来，我匆忙换下戏服，跟必须回自己班级的竹田同学和芥川道别，就跑向举行演奏会的音乐厅。

同样换回制服、拖着两条纷乱辫子的远子学姐也追在我身后。

“你真的要去吗，心叶？真的无论如何都想去吗？古典乐听了会想睡的啦。与其去听那种东西，还不如跟我一起去吃蜜豆甜点吧？”

“远子学姐，你没办法吃那种东西吧？”

“那就回社团活动室，帮尊敬的学姐写一篇蜜豆甜点口味的爱情故事也好啊。”

“我不想连文化祭期间都要帮学姐写点心。”

“为什么那么想去看管弦乐社的演奏会呢?”

“远子学姐才奇怪吧,为什么要这么紧张地跟在我后面呢?”

“因为……因为……”

远子学姐一边跑一边双手握拳,脸和手肘左右摆动,一副很不情愿的模样。我们就这样你一言我一语地到达位在中庭的音乐厅。

“不行啦,不可以进去啦!”

远子学姐抓着我的制服袖子,拼命地想要制止我,而我还是买了票,走进音乐厅。

一走进大厅,就看到头上钉着一面巨大的广告牌。

那是用远子学姐的照片放大制成的。

穿着无袖上衣和迷你裙,打扮成拉拉队员的远子学姐,两手拿着彩球笑容满面地跳跃。除了双马尾发型之外,不知是麻贵学姐的个人兴趣,还是远子学姐自己的要求,她还戴了一副大大的眼镜。

被轻薄上衣包住的胸部,还是平坦如昔,迷你裙下尚可窥见白嫩的肌肤。这角度把她的肚脐拍得若隐若现,而翻飞的裙摆,也停留在内裤若隐若现的位置。那双白皙的腿还弯曲着浮在半空中。

广告牌旁边附上一行“圣条学园管弦乐社,为您的未来加油”的文字。

原来如此,这就是这次的“报酬”啊。

我想起来了,以前曾经看到远子学姐甩着不整齐的辫子在走廊上飞奔,大概是因为刚拍完照吧。

看到我若有所悟地仰望上方,远子学姐从脖子红到耳根辩解着：

“不、不是啦……那个不是我啦。应该是别班的人吧。拜托你，别再看了……不要看啦，心叶！”

我不禁噗哧一笑。

“真是太好了，还有别人的胸部跟远子学姐一样平呢。”

结果我的头上立刻挨了一记。

“太过分了！真是个不体贴的学弟，亏我还把手帕借给你！”

“那个本来就是我的手帕吧。好啦，演奏会快要开始了，继续站在这里会更引人注目喔。”

远子学姐也发现大厅里的人开始窃窃私语着“你看，她就是广告牌上的……”，赶紧低头贴在我的背后。

“快、快点入座吧，心叶！”

这样只会更惹人注意吧……

远子学姐双手揪住我的衣服把脸埋进去，我有些困窘地感觉背后传来的温度，无可奈何地走着。

“呜呜呜，我绝对，绝对不要再拜托麻贵了啦……”

远子学姐入座之后还是念个不停。

“对了，你那位在猎熊的男朋友最近还好吧？”

我心血来潮随口一问，远子学姐霎时红透了脸，愕然地看着我。

“你你你你你在说什么？”

“北海道的冬天来得特别早，差不多该准备白色围巾了吧。”

“呃……”

“要举行婚礼时请记得寄喜帖给我，要附上来回机票喔。”

远子学姐依然满脸通红，气势软弱地瞪着我。

“心、心叶真是坏透了！”

布幕终于拉起，圣条学园引以自豪的管弦乐社正式展开了演奏会。

身穿燕尾服挥着指挥棒的麻贵学姐，看起来生气蓬勃，似乎指挥得很愉快。

令人感动的演奏会结束后，我们走出会场，看见校园覆盖着柔和的夕阳余晖。

“闭幕典礼即将举行，请所有学生到体育馆集合。”

橙色的天空飘送着执行委员的广播声。

我和远子学姐各自分别，我回教室后，发现芥川独自站在窗边看着外面景色。

“芥川。”

“井上……”

芥川转头看我。我走到他的身旁。

“你不去闭幕典礼吗？”

“文化祭要结束了，总觉得有点寂寞，所以想待在这里。”

“没想到芥川也会说这种话呢。”

敞开的窗户吹进一阵清风。

教室里也染上了夕阳的色调。

“但是，我也跟你一样。总觉得胸口像是开了一个洞似的……我也不讨厌这种感觉啦……虽然从一大早就手忙脚乱，但是却很愉快。”

芥川露出微笑。

“是啊。”

这种互相体谅的气氛让我觉得很舒适，真想一直沉浸其中。

“我啊……自从上了高中以来，从来没有像这样积极参与过学校的事。我一直觉得这些事很麻烦，只要随便应付过去就好了。可是……跟你一起参加演出真是太好了。”

“我的想法也跟井上一样。不管是文化祭或班际球赛，我都是当做学校生活的义务来做。像这样跟同伴们一起努力的愉快经验的确从来不曾有过。多亏有天野学姐和井上，我才能体验这种感觉。”

“帮你引出台词的是远子学姐啊。我什么都没做。”

“不，如果井上没有对我说‘一起面对吧’，我可能在上台之前就先逃走了。”

“是吗？我倒是觉得你一定不会逃避……不过，如果真的帮上你的忙，我会很高兴的。”

芥川神清气爽地笑了。那是只有跨越痛苦的人才能由衷流露出的笑容。他亲手斩断过去的枷锁，开始朝未来迈进了。

而且我也……

“芥川，我想跟你当朋友。”

芥川的眼睛稍微睁大了些，似乎有点惊讶。

“我一直在逃避跟别人有过多牵扯。因为我以前有过伤心事，所以不想再跟人牵扯太深以致受伤。说起来我跟你还挺像的。可是，我现在真的想跟你建立更深的交情。我们可以当朋友吗，芥川？”

他轻轻垂下视线，流露出犹豫的表情。

“……可是，我还有话没有告诉井上。或许我总有一天会伤害井上。”

他的自白让我感到讶异。

芥川的心里到底还藏着什么秘密？是母亲的事吗？还是……

虽然脑中疑问陆续浮现，我还是笑着说：

“没关系啦。如果你不想说的话，就保留这个秘密好了。”

芥川抬起头来。

那张富有男子气概的端正脸庞，再度蒙上惊讶。

我伸出右手。

“我们当朋友吧。就算哪天会吵架绝交，现在我还是想跟你当朋友。”

芥川一直惊讶地望着我。

我也率直地接受他的目光。

就算挫折，就算受伤，也一定可以获得重生。因为我们之间已经产生羁绊了。

我如此深信着……

芥川温和地眯细眼睛。

然后他也伸出手，用力握住我的手。

我也紧握着他温暖的右手。

不需要再出言确认。

我们已经是朋友了。

◇　◇　◇

很久没寄信给你了。

请原谅我在这两个月之间收到好几封你的来信，却一次都没回信。

你在信里再三要求跟我见面，我也非常清楚你心中的焦虑，但我却有不能跟你见面的理由。

坦白说，我害怕见你。

跟你相遇是在去年冬天，一年级的第三学期。

我去探望母亲，因而认识了住在同一间医院的你。

当时你在走廊上独自练习走路。

不管跌倒多少次，你还是继续站起，摇摇晃晃踏出脚步，然后再度跌倒，又再度迈步。你似乎为了不听控制的身体感到焦躁，经常不甘心地自言自语，偶尔也会哭泣。

我无意看见你在哭的模样，忍不住感到在意，从此我几乎每天都会躲在走廊转角，看着你练习走路的身影，但却一直无法开口跟你说话。

但是，某次你在走廊上如常跌倒时，你趴在地上很生气地说了：

“你干吗老是鬼鬼祟祟地躲在那里偷看，我又不是展示品！”

你可知道我当时有多么惊讶？

你可知道，当我发现你瞪着我的眼中带着盛怒和憎恨时，胸口感觉像是被利刃贯穿，还有我在那时就已被你完全掳获的事实？

我向你道歉，你只是回以冷言冷语，对我保持距离。

后来我每次去见你，跟你说话的时候，你也总是面色不悦地离开。

如果我想帮助你，你就会火冒三丈地说自己一个人什么都做得来，不需要我的同情，叫我不要多管闲事。

虽然知道你会生气，我还是说出实情。

打从一开始，我就在你身上看见被我伤害过的少女的影子。

那位少女是我的小学同学，叫做小西茧里。关于她的事，我以前也曾向你提过。

每次我受你责骂，就觉得像是被她责骂一样。我也因此感到欣慰。

因为我一直认为自己理当受罚。

后来事情变得更复杂了，我在高中跟小西重逢并开始交往。

但是小西已经不是以前的小西了，我怎样都无法把现在的小西当做一个普通的异性去喜欢。另外，我背叛喜欢小西的学长一事，或许也是我不容许自己喜欢小西的理由之一吧。

小西对不肯卸下心防的我从没说过一句怨言，也不曾追问，仿佛只要跟我在一起什么都好，她总是依恋地看着我、依赖我、信任我。

但我真是太卑鄙了，竟然觉得这样的小西让我产生很大的心理负担。我因此又体会到更深一层的罪恶感。

所以，会令我想起以前的小西的你对我流露出厌恶神情时，我虽然会难过得胸口隐隐作疼，却又感觉好像得到惩罚一样，而觉得宽慰。

就这样，我越来越受到你的吸引。

虽然你一开始把我当毛虫一样讨厌，但是当你知道我是圣条学园高一生之后，好像开始期待我的到来了。然后，你经常会问我在学校发生的事。这都是为了从我这里探听出，跟强烈痛楚一起栖息在你心中的那人的事。

你以愤恨的眼神对我说，他把你伤得很深，他夺走了你的未来。

我升上二年级，跟他成为同班同学之后，我跟你的关系变得比从前更加密切，同时也发生了令我难以忍耐的变化。

很不幸地，你在医院看见了他。

暑假开始之前，我到你的病房探望你，你脸色铁青地说出他来到医院的事。

你说他好像是来探望班上同学，还执意地追问，跟他在一起的女学生是谁？他来探望的好像也是女生，跟他很亲近吗？他们是怎样的关系？

从那时开始，你的情况越来越变本加厉。

有时会恍惚地眺望窗外，有时会突然发怒，有时焦躁不已，有时又哭又叫，还会动手打我。

某天我去见你，发现你的床上有撕碎的信纸。

那是你说想要写信，叫我去你常去的店帮忙买来的。

我想，你大概是想用你喜欢的信纸写信给他吧。

你恐怕也是因为心中的重重纠葛，所以又自己把信给撕碎了吧。

撕碎了信纸的你，表情充满抑制不了的焦虑和憎恨，用力咬过的嘴唇渗出鲜血，脸颊上还留有泪痕。

然后，你要求我协助对他的复仇行动。

那并非恳求，而是近似胁迫，你应该也有自觉吧。

你为了逼我答应几乎是不择手段，你恐吓过我如果不听从就要割腕，也试图诱惑过我，听到我不愿遵从就骂我胆小鬼，或是拿东西砸我。

后来我不再去医院看你，你就每天寄信给我。

我很清楚，你光是写这些信就要耗费多少劳力和毅力，所以用文书处理机打满整张信纸的文字、还有信封上歪歪扭扭的手写字迹，更逼得我不知如何是好。

其实我应该看也不看就收起来，然而最令人绝望的是，我已不再把你当做小西的替身，而是喜欢上真正的你了。

我开始担心，你是不是真的会结束自己的生命。

光是这么想象就让我痛苦万分，事实上，我也觉得你是有可能做出那种事的人，因此更加痛苦煎熬。

我总是想象你会不会伤心难过、会不会独自哭泣、是不是想向我求助，所以最后还是会忍不住拆信。

不知不觉间，我甚至开始想，如果我实现了你的愿望，是不是可以当做我对昔日过错的弥补呢?

如果我可以什么都不想，只听你的命令行事，只为你而活，那该有多么轻松啊。

其实，我曾经有一次把你寄来的信放进他的鞋柜。我想，这么一来或许就可以断绝后患了。

但是我屹立不摇的理性一直告诉自己，绝不可以这样做，所以我最后还是把信撕碎丢掉了。

我必须当个诚实的人。

从过去的那桩事件以来，我一直秉持这个原则过活，我也应该这么对你说过。不管碰上任何状况，我都必须当个诚实的人，绝对不能再次伤害他人。

但是，你却那样要求我。

要求我背叛我的同学。

我不能答应这个请求，这是不诚实的。但是，你寄来的信件内容越来越焦躁愤恨，正好在这段时间，小西也因为我的态度而变得异常，让我更加不知所措。

不管我再怎么努力，再怎么想救小西，都是白费力气，小西的行动已经超乎常轨，到达疯狂的地步了。

我没有把写给你的信寄给你，而是寄给母亲，藉此艰辛地支撑下去。

但是我已经到达极限了，我无法拯救陷入疯狂的小西，而且我面临了这种状况，竟然还在思念你，我觉得自己真是差劲透顶，因此绝望得像是堕入无边的黑暗。

这样的我，是没有资格去见你的。我去探望母亲时，也无法去你的病房。

这两个月之间，我也过得很痛苦。绝对不是丢下你不管。虽然听起来像推托之词，但是只有这点请你务必明察。这两个月对我而言，是绝对必要的时间。

现在我已经解决小西的事情，终于从过去解脱了，所以才能够写信给你。

我直接告诉你结论吧。

我不会对他设下陷阱,也不会伤害他。

因为我跟他已经是朋友了。就像我珍惜你一样,我也非常重视他。

或许总有一天,我跟你之间的事情会伤害到他。但是,我还是想要尽可能地诚实对待我的朋友,所以我不愿做出那种设计人的卑鄙行为。

我在此明确地向你宣示。

这么简单的回答,我在这两个月里却都说不出口,只是用美工刀割碎你的信,或是割伤自己,重复着愚蠢的行为。也持续把我对你的回复寄给母亲。

现在的我大概还是愚昧如昔吧。

但是,有个人这么告诉我:

所有人都是愚昧的。

既然如此,至少我还能当个坚持心中理想的愚者吧。

所以我终于能够接受自己的愚昧,我也将秉持这个信念,朝你跟他踏出步伐。

文化祭之后过了一星期。

我们的话剧似乎大受好评，设置在中庭的妖怪信箱，不，是恋爱咨询信箱里塞满了“话剧非常精采，让我深受感动”“让人好想去看武者小路实笃的书”之类的回响信函，远子学姐的心情愉快得不得了。

她把信箱里拿回来的纸条撕碎，送进口中，然后就眉开眼笑地说：

“真好吃！辛苦耕耘的收获，就像刚摘取的甜美桃子或葡萄的味道呢！心里肚里都感觉到一派清爽喔！”

另外，信箱里也混杂着“希望也能看见护士服的 cosplay”“下次请演出野岛和大宫先生的热爱故事”之类的信件，远子学姐也同样仔细品尝，结果就皱成一张苦瓜脸说：

“呜呜，好奇怪的味道。好像包栗子馅的日式点心挤上美奶滋，或是烤乌贼淋上炼乳一样的味道！”

“芥川后来怎么了呢？”

放学后我去社团活动室，把脚踩在椅子上、正在读契诃夫的《樱桃园》的远子学姐如此问道。

“他很有精神啊。他还说五十岚学长昨天到弓箭社去跟他道歉。啊，听说下周弓箭社有比赛，我答应要去帮他加油喔。后来聊到电影，我发现我们的喜好还挺接近的，所以也说好有机会要一起去看了。”

我一边把五十张一叠的稿纸和铅笔盒放在桌上，一边热烈说着。

“这样啊。”

远子学姐眼神变得柔和，唇边绽放出堇花般的欣喜笑容。

我感到有些难为情。

这时，琴吹同学也来了。

“那个……非常抱歉，我在文化祭的时候让大家操心了。这个……为了表示歉意，我又烤了一些饼干，请用吧。”

她对远子学姐道歉时，偷偷往我这里瞟了一眼，然后就脸红了。

“哇！谢谢你喔，小七濑。那我跟心叶就收下啰。小七濑也要一起吃吗？”

“呃，那个，我今天要去图书馆值班，所以现在就得走了。”

“是吗，那真是太可惜了。”

“希望下次有机会喔，琴吹同学。”

我笑着这么说，结果琴吹同学睁大眼睛，脸也变得更红，说着“那我告辞了”就迅速离开。

琴吹同学这样的感觉还挺可爱的嘛。

远子学姐抱着那袋包得漂漂亮亮的饼干，带着戏谑的目光由下斜睨着我问道：

“嘿，心叶，你跟小七濑之间发生了什么事吗？”

“这是秘密。”

“啊！你们果然有什么事！”

她提高声调，不满地涨起脸颊。

看来我最近该找个时间，跟琴吹同学好好谈一谈吧……我想问她初中时到底是在哪儿认识我的。

“好嘛，心叶，你就告诉学姐嘛。”

“这种私人问题恕不回答。”

“啊，心叶真下流！”

“什么啊，你想到哪里去啦？”

远子学姐吵着“瞒着我太过分了”，拗了好一阵子，突然神情寂寥低头看着那包饼干说：

“我……对小七濑、对其他人都说谎了。”

突如其来的这句话，让我感到有些难过。

远子学姐解开缎带，摊开包装。花瓣形状的烘焙纸上盛满了星星和鸡心形状的饼干，狭窄的活动室中飘散着砂糖和奶油的香气。

虽然美味，对远子学姐来说却毫无味道的饼干……

她以纤细的指头拈起一片星形饼干，放进嘴里细细咀嚼，笑着说：

“这一定像是特拉佛斯《随风而来的玛丽阿姨》的味道吧！又甜美又松脆，上面的杏仁也好香！”

她一边不停赞美，还陆续把饼干送进嘴里，有节奏感地嚼碎，笑容满面地吞下去。

“这片就像简·韦伯斯特(Jean Webster)《长腿叔叔》的味道！柠檬的芳香在舌上散开了！这片的味道就像弗朗西丝·霍奇森·伯内特(Frances Hodgson Burnett)的《秘密花园》呢！玫瑰色的果酱又甜又酸，让人觉得好罗曼蒂克啊。这片加入红茶叶的饼干应该像是《爱丽斯梦游仙境》吧？用淡淡的苦涩提味，真是太好吃了！”

试着想象饼干味道的远子学姐显得非常乐观积极。

每个人都有无法向人倾吐的秘密。

远子学姐把自己“异于常人”的阴暗念头藏在心中，一边想象着饼干香甜的滋味，幸福地笑着。

这位“文学少女”也和我们一样，会开怀大笑、会耍脾气、会伤心流泪、会在尝试倒立时跌倒、会穿上拉拉队服跳跃、会鼓励别人、会陷入忧郁，也会再次重新站起。

我坐在铁管椅上，翻开放在桌面的五十张稿纸的封面。

然后，开始写起远子学姐能够品尝出甜美味道的“点心”。

对了，今天的题目是“朋友”“朋友”和“朋友”。

等这封信寄到你那里之后，我就会去探望你了。

然后，这次我要把无法写在信上的心情，还有我跟仍然占据你心房的井上心叶已经成为朋友的事，用自己的话语明确地传达给你。

芥川一诗

朝仓美羽收

注释：

注 1：学习院，1877 年在东京创办的贵族子弟学校，从幼儿园到大学部都有。

注 2：大正民主思潮（大正 democracy），大正时代为公元 1912 年至 1926 年，此时风行的自由民主思潮不只影响政治方面，也影响了社会、文化的面向。

注 3：萨冈（Franç oise Sagan），法国女作家。《你喜欢勃拉姆斯吗?》（Aimez-vous Brahms?）。勃拉姆斯（Johannes Brahms，1833～1897），德国古典乐作曲家。

注 4：振袖，袖子下摆长至腰间的和服，是未婚女性的传统礼服。裤裙，原名“袴”（HAKAMA），穿在和服外的褶裙，多为重要场合所穿着的服装。

原日文版后记

大家好，我是野村美月。“文学少女”系列已经进展到第三集了。说起来也算是进行一半了，每回都哭哭啼啼的心叶，也稍微成长一点了。

这次的主题是武者小路实笃的《友情》。武者小路作品的主角都好热血啊！真是经典台词的藏宝库呢！随时随地都看得到精采发言喔！这次的设定，比从前引用了更多原著词句，不过为了配合话剧演出，有若干地方做过修改，这点还请大家见谅。在遣词用语和转换汉字时，我也尽量偏向原著的笔法了。还有很多经典台词不及转载，所以希望大家也能一并阅读《友情》和武者小路的其他作品，一定会看到让人感到共鸣的佳句喔。

然后，这次琴吹同学的惨痛遭遇也让我觉得“好可怜喔！”。她在每集里的戏份都不多，而且每次都跟故事主线擦身而过，就某种意义来说，她可能是本系列里最不幸的角色吧。下一集希望能够多照顾她一点。

接下来是致谢与报告。

插画家竹冈美穗老师，谢谢你一直为本系列画出这么棒的插画。第二集封面的用色真是太精采了！事实上，在宝岛社发行的“这本轻小说最厉害！2007”的封面年度票选中，本系列第一集《渴望死亡的小丑》还获得了第一名喔！托大家的福，本系列也很荣幸地在综合票选和角色票选挤进前十名。编辑开心得不得了，我也觉得非常高兴。把票投给《文学少女》的读者们，真的很谢谢你们。

这系列每一集都让我费尽脑汁，写得非常辛苦，但是也让我得到不少鼓励，获得极大乐趣。直到完结篇为止我都会努力写下去的，所以请大家继续支持。那就再会了。

二〇〇六年　十二月三日　野村美月

书中引用了以下书目，或是曾经作为参考。

《友情·爱与死》（武者小路实笃著，角川书店出版，一九六六年发行初版。）

《真理先生》（武者小路实笃著，新潮社出版，一九五二年发行初版。）

《野菊之墓·邻家媳妇》（伊藤左千夫著，角川书店出版，一九六六年初版，一九六七年八版，一九八八年改版三十六版发行。）

《人与作品 36　武者小路实笃》（福田清人、松元武夫编著，清水书院出版，一九六九年发行。）

中文简体版特别收录
小小番外

芥川:……我是井上的朋友芥川一诗。这一页是为了中文版特别写的后记,请多多指教!

心叶:我是和芥川君也成为了朋友,从过去踏出一步的井上心叶。虽然发生了很多事情,但在第三卷里我也努力了。

芥川:我,虽然很诚实但是很难做决断,经常伤害到更科和井上……

心叶:啊,芥川君,请不要那么消极啦。事情不是都解决了嘛!

芥川:但是更科用雕刻刀切自己的脖子,四周被血染到,鹿又的时候也发生了同样的事情!

心叶:更加积极一点考虑啦!芥川君!看吧,好不容易成为朋友了!

芥川:也是呢,休息日要和井上一起去看电影呢。

心叶:嗯,很期待呢,要看什么呢?

芥川:《孩子时期的战争》(作者在小学时的电影教室里看的电影。拍的是在战争时期,一个混血的女孩子为了避开人群,一个人偷偷在仓库里生活的内容。非常消极黑暗)。

心叶:呃!

芥川:《Matagi》(作者在小学的电影教室看的电影之二。貌似是和巨大熊搏斗的老人和孙子的内容。很沉重)。

心叶:呃,那个……

芥川:《甘地》(作者在小学的电影教室看的电影之三。无论怎么被殴打怎么被压迫都贯彻自己的非暴力不合作的甘地真的很艰辛)。

心叶:啊……芥川君。那个……这个……要看些开朗积极点的电影啊……

芥川:甘地的伟大精神,绝对是值得大家学习的啊!

心叶:(继续倒胃口)好吧,那就《甘地》吧!

芥川:(稍微有点开心地说)是嘛,我们口味很近呢。

心叶:(带着无奈的放弃笑容)是呢……

(为虾米没有揭露上一本那个……关于远子姐姐的真正身份呢? 编者代替读者抗议啦……)

贺第三集出版。
这次用了黄色。
没什么特别的想法，
只是随便选了适合
大正浪漫的色彩。
第三集插画绘制中。
虽然遭遇不少困难，
每天都艰辛度过，
还好有野村老师活
力满点的创作才能
让我撑到今天。心
叶这次也很努力呢。
这张草稿是内文
插画的候补之一。
我考虑着，干脆
画在后记里吧？
因为无论如何都
想让它亮相，
就一起附上了。
非常感谢编辑、
美编，以及印
刷厂的各位。
下……下回也请多多指教！！